Bianca™

UN DESAFÍO PARA EL JEFE

CATHY WILLIAMS

HARLEQUIN™

Editado por Harlequin Ibérica.
Una división de HarperCollins Ibérica, S.A.
Núñez de Balboa, 56
28001 Madrid

Un desafío para el jefe, n.º 2463 - 4.5.16
Título original: At Her Boss's Pleasure
Publicada originalmente por Mills & Boon®, Ltd., Londres.

I.S.B.N.: 978-84-687-7873-0
Depósito legal: M-6140-2016
Impresión en CPI (Barcelona)
Fecha impresion para Argentina: 31.10.16
Distribuidor exclusivo para España: LOGISTA
Distribuidores para México: CODIPLYRSA y Despacho Flores
Distribuidores para Argentina: Interior, DGP, S.A. Alvarado 2118.
Cap. Fed./Buenos Aires y Gran Buenos Aires, VACCARO HNOS.

Capítulo 1

VIERNES. Finales de julio. Seis y media de la tarde...

«¿Y dónde estoy yo?», pensó Kate. Seguía en la oficina. Era la última que quedaba allí. En su escritorio, con el ordenador parpadeando delante de ella y columnas de beneficios y pérdidas pidiendo su atención. No una atención inmediata, no. Allí no había nada que no pudiera esperar hasta el lunes por la mañana, pero...

Suspiró y se echó hacia atrás en la silla para estirar los nudos de los hombros y por unos minutos se permitió sumirse en sus pensamientos.

Tenía veintisiete años y sabía dónde debería estar en ese momento, y no era en la oficina. Aunque fuera una oficina muy agradable, en un edificio muy elegante en el prestigioso corazón de Londres.

De hecho, debería estar en cualquier parte menos allí.

Debería estar divirtiéndose, paseando por Hyde Park con amigos, bebiendo vino y disfrutando del verano. O en una barbacoa en el jardín de alguien. O quizá en casa, oyendo música con un hombre que le contara cómo le había ido el día y preguntara por el de ella.

Parpadeó y las distintas posibilidades desaparecieron de su mente. Desde que se mudara a Londres cuatro años atrás, podía contar con los dedos de una mano el número de amigos que había conseguido hacer y, desde que se había sacado el título de contable y había entrado en AP Logistics un año y medio antes, no había hecho ninguno.

Conocidos, sí, pero ¿amigos? No. No era el tipo de chica extrovertida, segura de sí misma y alegre que hacía amigos con facilidad y siempre estaba en grupo. Lo sabía y casi nunca pensaba en ello, excepto... bueno, era viernes y fuera el sol ardiente daba paso a un crepúsculo cálido y en el resto del mundo la gente de su edad estaba fuera divirtiéndose. En Hyde Park o en jardines donde había barbacoas.

Miró a través de la puerta abierta de su despacho y un despliegue de escritorios vacíos le devolvió la mirada con aire acusador y burlón, señalándole sus defectos.

Hizo mentalmente una lista de todas las cosas maravillosas que había en su vida.

Un trabajo estupendo en una de las empresas más prestigiosas del país. Un despacho propio, lo cual era un logro considerable teniendo en cuenta su edad. Un apartamento propio en una zona bastante buena del West London. ¿Cuántas chicas de su edad eran ya propietarias de un apartamento en Londres? Tenía hipoteca, sí, pero aun así...

Le había ido bien.

Quizá no pudiera huir de su pasado, pero podía enterrarlo tan profundamente que ya no la afectara.

Excepto porque...

Estaba allí, en el trabajo, sola, un viernes por la tarde de un veintiséis de julio.

¿Qué decía eso?

Se inclinó hacia la pantalla y decidió darse media hora más antes de salir del despacho y volver a su apartamento vacío.

Tan absorta estaba en las cifras que mostraba el ordenador que casi no captó el sonido distante del ascensor y el ruido de pasos que cruzaban la enorme sala abierta donde se sentaban las secretarias y los contables becarios y seguían hasta su despacho.

Siguió mirando la pantalla y no fue consciente de la presencia de la alta figura que había en el umbral hasta que él habló, y entonces se sobresaltó y por unos segundos dejó de ser la mujer tranquila y controlada que era habitualmente.

Alessandro Preda siempre parecía causarle ese efecto.

Había algo en aquel hombre... y era más, mucho más, que el hecho de que fuera el dueño de la empresa, de aquella gran compañía que tenía docenas de otras compañías satélites bajo su paraguas.

Había algo en él... Era un hombre muy grande, y no precisamente de un modo reconfortante de abrazo de oso.

–Señor... señor Preda, ¿en qué puedo ayudarle? –Kate se levantó con presteza, se alisó la falda gris con una mano al tiempo que se colocaba el moño de la nuca con la otra, aunque no necesitaba ninguna colocación.

Alessandro, que estaba apoyado con indolencia

en la jamba de la puerta, entró en el despacho, que era la única zona iluminada en aquel piso.

–Puedes empezar por volver a sentarte, Kate. Si alguna vez entro en la realeza, podrás levantarte de un salto cuando entre en la habitación. Hasta entonces, no hay ninguna necesidad.

Kate sonrió con cortesía y volvió a sentarse. Alessandro Preda podía ser muy apuesto, musculoso y bronceado y exudar peligro sexual, pero a ella no le resultaba nada atrayente.

Había demasiadas personas que admiraban su brillantez. Demasiadas mujeres rendidas a sus pies como patéticas damiselas desamparadas. Y él era demasiado arrogante para su bien. Era el hombre que lo tenía todo y era muy consciente de ello.

Pero como era su jefe, no tenía más remedio que sonreír, sonreír y sonreír y confiar en que él no viera más allá de esa sonrisa.

–Y tampoco tienes que llamarme «señor» cada vez que te diriges a mí. ¿No te lo he dicho ya?

La miró con unos ojos oscuros como la noche y observó perezosamente la cara pálida que no había mostrado una sonrisa sincera en todo el tiempo que llevaba trabajando en su empresa. Al menos, en su presencia.

–Sí, ah... ah...

–Alessandro, me llamo Alessandro. Es una empresa familiar. Me gusta mantener una actitud informal con mis empleados.

Se volvió para sentarse a medias en el borde del escritorio y Kate retrocedió automáticamente en su silla.

«No es una empresa familiar», pensó. «A menos que tu familia tenga miles de miembros y estén esparcidos por todos los rincones del globo. Una gran familia».

–¿Qué puedo hacer por ti, Alessandro?

–En realidad, he venido a dejar unos papeles para Cape. ¿Dónde está? ¿Y por qué eres la única persona que hay aquí? ¿Dónde está el resto del equipo de contabilidad?

–Son más de las seis y media, ah... Alessandro. Se fueron todos hace un rato.

Alessandro consultó su reloj y frunció el ceño.

–Tienes razón. Aunque tampoco sería tan descabellado pensar que hubiera aquí algunos de mis bien pagados empleados. Trabajando –la miró con los ojos entrecerrados–. ¿Y qué haces tú aquí todavía?

–Quería revisar unos informes antes de irme. Esta hora es muy buena para trabajar... cuando todos los demás se han ido ya.

Alessandro la miró pensativo con la cabeza inclinada a un lado.

¿Qué le pasaba a aquella mujer? Había tratado con ella en distintas ocasiones en los últimos meses. Era muy trabajadora y diligente. George Cape la había puesto a prueba y no había tenido nada que objetar sobre su rapidez mental. De hecho, parecía tener la habilidad de apartar la hojarasca e ir directa a la fuente de los problemas, lo cual no era nada fácil en el complejo mundo de las finanzas.

Todo en ella era profesional, pero allí faltaba algo. Sus fríos ojos verdes eran cautelosos, su boca exuberante siempre aparecía tensa y nunca llevaba ni un pelo fuera de su sitio.

Bajó la vista a su cuerpo, oculto bajo una discreta camisa blanca de manga larga abotonada hasta el cuello.

Fuera, la temperatura llevaba tres semanas subiendo, pero al mirarla, nadie habría adivinado que más allá de las paredes de la oficina era verano. Alessandro habría apostado su fortuna a que ella llevaba medias.

Personalmente, le gustaban las mujeres sensuales que alardeaban de sus atractivos, pero la apariencia severa de la señorita Kate Watson suscitaba su curiosidad.

La última vez que había trabajado con ella, varios días seguidos, en un asunto de impuestos complicado, en el que le había parecido que ella podría arreglárselas mejor que su jefe, George Cape, que últimamente tenía la cabeza en las nubes, había intentado averiguar algo más sobre ella. Le había hecho algunas preguntas sobre lo que hacía fuera del trabajo... sus hobbies, sus intereses... Una conversación cortés, sostenida mientras tomaban el almuerzo que les habían llevado al despacho de él.

Cuando mostraba interés por alguna mujer, la mayoría respondía sincerándose. Se morían de ganas de hablar de sí mismas. Se pavoneaban y florecían cuando las miraba, cuando escuchaba lo que tenían que decir, aunque, en justicia, él no siempre estaba pendiente de la conversación.

Pero Kate Watson no hacía eso. Lo miraba con

sus fríos ojos verdes y se las arreglaba para desviar la conversación sin contar nada sobre sí misma.

–¿Estás aquí todas las tardes a esta hora? –preguntó él.

Seguía sentado en el escritorio, invadiendo el espacio de ella. Tomó un pisapapeles de cristal con forma de pez tropical y lo hizo girar pensativo entre sus dedos.

–No, claro que no –«pero sí muy a menudo», pensó ella.

–¿No? ¿Solo hoy, aunque es el día más cálido del año?

–No me gusta mucho el calor –ella bajó los ojos–, creo que me vuelve indolente.

Alessandro devolvió el pisapapeles a la mesa.

–Si llevas faldas almidonadas y camisas de manga larga, sí.

–Si quieres dejarme los papeles, se los daré a George cuando vuelva.

–¿Cuando vuelva de dónde?

–Está de vacaciones en Canadá. No vendrá hasta dentro de dos semanas.

–¡Dos semanas!

–No es tanto tiempo. Mucha gente reserva dos semanas de vacaciones en el verano...

–¿Lo has hecho tú?

–Bueno, no, pero...

–No sé si esto puede esperar hasta que Cape decida dignarse a aparecer.

Alessandro se levantó y dejó los papeles sobre la mesa. Se inclinó y apoyó las manos a ambos lados de los papeles.

–Le pregunté a Watson Russell si sabía algo de las anomalías en la cadena de suministros a los centros recreativos que estoy montando a lo largo de la costa y me dijo que eso ha sido competencia de Cape desde el principio. ¿Es cierto o no?

–Creo que está a cargo de eso, sí.

–¿Crees?

Kate respiró hondo e hizo lo posible por no dejarse intimidar por aquel hombre, tarea nada fácil. Cuando se inclinaba hacia ella así, alto, moreno y musculoso, conseguía que le latiera con fuerza el corazón, se le secara la boca y le sudaran las manos, que se limpió con disimulo en la falda.

–Él lleva ese tema en exclusiva. Quizá puedas explicarme qué es lo que quieres averiguar.

Alessandro se apartó de la mesa y paseó por el despacho, donde no pudo evitar notar que había pocos rastros de la personalidad de ella. Ni fotografías enmarcadas en el escritorio, ni macetas... ni siquiera un calendario con imágenes bucólicas o un cuadro... Nada.

Se volvió hacia ella con las manos en los bolsillos.

–Me entregaron por casualidad una serie de carpetas, probablemente porque en el sobre ponía «Privado y Confidencial» en letras tan grandes que el chico del correo lo subió automáticamente a la planta de los directivos. Los escaneé y parece haber... No sé cómo decir esto. Ciertas discrepancias que hay que investigar.

No podía estar pendiente de todos los detalles de su vasto imperio. Pagaba muy bien a su gente para que hicieran eso y el sueldo generoso conllevaba una gran cantidad de confianza.

Confiaba en que sus empleados no intentaran jugársela.

–Hay un par de empresas pequeñas cuyos nombres no reconozco. Puede que tenga muchas compañías, pero generalmente sé cómo se llaman.

Kate palideció cuando empezó a asimilar lo que oía.

–Eres rápida –dijo él–. Venía a hablar con Cape de esto, pero en su ausencia, quizá sea mejor que eches tú un vistazo y reúnas las pruebas necesarias.

–¿Pruebas? ¿Necesarias para qué? –preguntó ella débilmente, y se sonrojó cuando él enarcó las cejas con aire interrogante, como si no se creyera que ella no lo hubiera entendido–. George Cape está cerca de la jubilación. Tiene familia. Esposa, hijos, nietos...

–Llámame loco –repuso Alessandro–, pero, cuando uno de mis empleados decide aprovecharse de mi generosidad, tiendo a sentirme molesto. Por supuesto, puede que esté equivocado en esto. Tal vez haya una explicación sencilla para lo que he visto.

–Pero ¿y si no la hay? –Kate se sentía fascinada a su pesar por el modo en que él se movía por el despacho.

–Bueno, los engranajes de la justicia están para algo –él se encogió de hombros–. Esto es lo que vamos a hacer. Yo te entrego los papeles oficialmente y tú los examinas detenidamente de principio a fin. Asumo que conoces la contraseña del ordenador de Cape.

–Me temo que no.

–En ese caso, uno de los listillos informáticos se encargará de eso. Tú revisarás todos los documentos que se hayan intercambiado sobre este proyecto en concreto y hablarás conmigo fuera de las horas de trabajo.

–¿Fuera de las horas de trabajo? ¿De qué estás hablando?

–Creo que Cape está malversando fondos –repuso Alessandro con brusquedad–. Yo no sabía que era el único que llevaba este proyecto. De haber otros, me sentiría inclinado a ampliar el campo de mis sospechas, pero me temo que todo se reduce a un hombre.

Se detuvo delante del escritorio y ella alzó la vista de mala gana.

–Por lo que he visto, no se trata de mucho dinero, y me imagino que por eso no han saltado las alarmas, pero poco dinero a lo largo de mucho tiempo, podría terminar siendo bastante y, si hay compañías fantasma mezcladas...

–Odio investigar lo que ha hecho George –repuso Kate con sinceridad–. Es un hombre encantador y ha sido bueno conmigo desde que entré a trabajar aquí. Si no fuera por él, seguramente no habría ascendido tan deprisa.

–Si sigues defendiéndolo así, puedo empezar a pensar que estás metida en lo mismo que él.

–No lo estoy –respondió ella con frialdad. Lo miró a los ojos–. Yo jamás le robaría a nadie. No soy ese tipo de persona.

Alessandro había bajado al tercer piso a dejarle aquellos papeles a George Cape antes de salir. No tenía ninguna cita y no lo lamentaba. Había terminado con su última rubia exuberante y estaba feliz de tomarse un descanso del sexo femenino.

Kate Watson era todo lo que él evitaba en lo relativo a mujeres. Era fría, distante, intensa, seria y quisquillosa. Nunca le permitía olvidar que estaba allí para trabajar y para nada más.

Pero su última frase le había hecho pensar. ¿Qué tipo de persona era en realidad?

–Me has preguntado por lo de vernos fuera de las horas de trabajo –comentó.

Kate lo miró con algo parecido al horror.

–Yo me iba a marchar ya. ¿Podríamos continuar con esta conversación el lunes? Suelo ser la primera en llegar. A las siete y media la mayoría de los días.

–Encomiable. Es reconfortante saber que hay al menos una persona en mi departamento de finanzas que no está pendiente del reloj.

–Estoy segura de que debes de tener planes para esta noche. Si me llevo los papeles a casa, puedo echarles un vistazo durante el fin de semana y hablaremos el lunes por la mañana.

–Si he sugerido que hablemos de esto fuera de las horas de trabajo es porque preferiría que no se convirtiera en un tema de especulación. Naturalmente, se te pagarían bien esas horas extra.

–No es cuestión de cobrar las horas –repuso Kate. Mantenía los ojos clavados en la cara de él, pero era muy consciente de la longitud de su cuerpo, su modo de flexionar los músculos bajo la camisa blanca, del cuello bronceado y la fuerza de sus antebrazos, pues llevaba la camisa arremangada hasta los codos.

Siempre la ponía nerviosa. Había en él una agresividad primitiva y apenas contenida que amenazaba la compostura de ella y había sido así desde el principio.

Eso era peligroso. No le gustaba que su cuerpo pareciera responder a él por voluntad propia. Eso le daba miedo.

Su educación le había enseñado muchas cosas, y la principal era su necesidad de control. Control sobre sus sentimientos, sobre sus finanzas, sobre su destino en la vida. Había crecido con el modelo de una madre que había carecido de todo control.

Shirley Watson había adoptado el frívolo nombre de Lila a los dieciocho años y se había pasado la vida entre locales de striptease y bares de cócteles, coqueteando con hombres. Una rubia hermosa, que solo había aprendido a explotar los activos que le había dado la naturaleza. Kate solo conocía detalles incompletos del pasado de su madre, pero sabía que se había criado en casas de acogida. Nunca había conocido la estabilidad y, en lugar de intentar crear ella alguna, se había apoyado en ser una rubia tonta, que siempre creía que el amor estaba a la vuelta de la esquina, que los hombres que se acostaban con ella la amaban de verdad.

El padre de Kate había desaparecido de la escena poco tiempo después de nacer ella y había dejado a Lila con el corazón roto a los veintiún años. Después de eso, ella había estado con una serie de hombres, con dos de los cuales se había casado para divorciarse en un tiempo récord. Entre matrimonio y matrimonio, había dedicado su vida a intentar atraer hombres, confundiendo siempre el entusiasmo de ellos por su cuerpo con amor, siempre sufriendo cuando ellos se cansaban y seguían su camino.

Era una mujer inteligente, pero había aprendido a ocultarlo porque pensaba que las mujeres listas nunca conquistaban a los hombres.

Kate quería a su madre, pero siempre había sido dolorosamente consciente de sus defectos y había decidido desde una edad temprana que no cometería los mismos errores que había cometido ella.

Ayudaba el hecho de que fuera castaña. Y alta. Carecía del evidente atractivo sexual de su madre, cosa que agradecía. Y en lo referente a los hombres...

Un hombre al que le gustara por su cuerpo, quedaba eliminado. No caería bajo ningún concepto en la misma trampa que su madre. Confiaba en su inteligencia y Dios sabía que había sido duro estudiar moviéndose de un lugar a otro y sin saber nunca qué se encontraría al volver a casa del colegio.

Su madre, por un golpe de suerte, había recibido dinero suficiente en su segundo divorcio para comprar una pequeña casa en Cornwall. Kate, por su parte, estaba decidida a mantenerse por sí misma y ser independiente.

Y, si alguna vez se enamoraba, sería de un hombre que apreciara su inteligencia, que no tuviera problemas para comprometerse, que no abandonara a las mujeres cuando se había cansado de ellas, que no saliera con las mujeres por su aspecto físico.

Hasta el momento, ese modelo de virtudes no había aparecido en escena, pero eso no significaba que ella se fuera a distraer en el ínterin por el tipo de hombre al que despreciaba en privado.

¿Por qué, entonces, su estúpido cuerpo reaccionaba con calor cuando Alessandro Preda estaba dentro de su radio de acción?

–¿Y cuál es la cuestión? –preguntó él, devolviéndola a la realidad–. ¿Una vida social intensa? ¿No puedes dedicar una semana a arreglar este asunto? –miró a su alrededor–. A pesar del agradable despacho que tienes aquí a la tierna edad de... ¿cuánto? ¿Menos de treinta años?

–He ascendido por méritos propios.

–Y parte de ese ascenso implica hacer algo por la empresa de vez en cuando. Considera esto una de esas veces.

Kate bajó la vista.

–¿Has dicho que salías ahora? –preguntó él.

–Sí.

–En ese caso –Alessandro echó a andar hacia la puerta–. Te acompaño abajo. Mejor todavía, te llevo a tu casa. ¿Dónde vives?

Kate se lamió el labio inferior con nerviosismo y aventuró una sonrisa cortés. Empezó a ordenar el escritorio, aunque no era necesario.

–¿Cuánto tiempo llevas aquí? –preguntó él.

Kate miró su espacio ordenado, en el que se sentía a gusto. Aquellas cuatro paredes eran la prueba tangible de lo lejos que había llegado en poco tiempo. La prueba tangible de los ingresos firmes que marcarían sus pasos por el camino llamado «seguridad económica».

Su madre le había preguntado si podía visitar su

lugar de trabajo cuando fuera a Londres, pero Kate había eludido la respuesta.

Lila Watson tenía todavía menos de cincuenta años y, aunque ya se mostraba menos obvia a la hora de desplegar sus encantos físicos, todavía llamaría la atención en aquel lugar caro y discreto.

Esa era la vida de Kate, construida con su sangre, sudor y lágrimas, y su madre tenía su propia vida. En Cornwall. Lejos. Una vida separada.

Metió el ordenador portátil en el maletín de piel y tomó la chaqueta gris que había colgado en el respaldo de la silla.

Chaqueta gris, falda gris hasta la pantorrilla, zapatos planos y, sí, medias. Alessandro pensó que era difícil adivinar qué tipo de figura ocultaba aquel conjunto remilgado. No era gruesa ni delgada, era alta... La camisa conseguía ocultar la parte superior de su anatomía y la falda hacía lo mismo con la inferior.

¿Y qué demonios hacía él mirando?

–¿Cuánto tiempo llevas aquí? –volvió a preguntar.

Kate frunció el ceño.

–En este despacho algo más de seis meses. Me trasladaron aquí porque estaba trabajando hasta tarde con un par de clientes importantes y George pensó que el silencio me ayudaría a concentrarme. No porque la sala de fuera sea una casa de locos, pues no lo es. Y luego, cuando me ascendieron, me ofrecieron seguir aquí y acepté.

Tomó el maletín, se lo colgó al hombro y se alisó la falda.

–Gracias por la oferta de llevarme a casa, pero

tengo que recoger un par de cosas por el camino, así que tomaré el metro.

–¿Qué cosas?

–Cosas. Comida. Tengo que parar en la tienda de la esquina.

Alessandro captó irritación detrás de las palabras calmadas de ella. Aquello era algo a lo que no estaba acostumbrado y le sorprendió tanto su reacción a ello como su curiosidad anterior por saber lo que había bajo el exterior puritano de ella.

–No es problema –musitó–. He enviado al chófer a casa y tengo mi propio automóvil. Es mucho más conveniente que cargues tus compras en el coche que tener que ir andando con ellas a casa.

–Estoy acostumbrada a ir andando a mi casa con mis compras.

Alessandro la miró entrecerrando los ojos. No la habría tomado por asustadiza, pero en ese momento sí había algo asustadizo en ella. ¿Y por qué rechazaba que la llevara a su casa?

–Sería útil que decidiéramos cómo enfocar este delicado problema con George Cape y el dinero que haya desfalcado.

–Si es que lo ha hecho. Y yo tenía la impresión de que tú ya habías decidido lo que harías si descubrieras que te ha robado dinero. Meterlo en la cárcel y tirar la llave.

–En ese caso, esperemos que me equivoque y así no tendrá que ir a la cárcel –Alessandro se hizo a un lado, pero le dejó solo espacio suficiente para pasar a su lado–. Llevas seis meses aquí y no veo nada personal. Nada.

Kate se sonrojó.

–Es un despacho –repuso con brusquedad. Salió delante de él con el maletín al hombro–, no una alcoba.

–Alcoba... bonita palabra. ¿Ahí es donde guardas todos los recuerdos personales? ¿En tu alcoba?

Kate oyó la voz divertida de él y se volvió con rabia. «Contrólate», se dijo con firmeza. «No dejes que te altere». Lo miró a los ojos y sintió que se hundía en su mirada, tuvo que hacer un esfuerzo por volver a anclarse a la realidad.

Alessandro Preda tenía fama de mujeriego. Utilizaba a las mujeres. Siempre lo fotografiaban con modelos colgadas del brazo que lo miraban con adoración. Muchas modelos. Una diferente cada mes.

–¿Y no puedo enviarte lo que encuentre por correo electrónico? –preguntó. Pulsó el botón para llamar al ascensor y lo miró con rigidez.

Alessandro no había conocido a una persona tan estirada en toda su vida.

Aquello iba más allá del autocontrol, mucho más allá de lo que se entendía por mantener la compostura.

¿Cuál era su historia? ¿Y no sabía que todos aquellos carteles de «Prohibido el paso» que había levantado a su alrededor eran faros tentadores para un hombre como él?

Tenía treinta y cuatro años y nunca había tenido que esforzarse mucho por una mujer. Normalmente, se le ofrecían.

Pero Kate Watson tenía problemas con respecto

a él. Alessandro no sabía cuáles eran, pero sabía que constituían un reto. Y él no era un hombre que rechazara un reto.

–Me parece que no –retrocedió cuando se abrió la puerta del ascensor para dejarla pasar delante–. Los correos electrónicos se pueden interceptar.

–¿No estás exagerando un poco?

Kate miraba los botones del ascensor, pero era muy consciente de la presencia de él a su lado, del calor de su cuerpo envolviéndola como un manto que quería sacudirse. La presencia de él lograba que todo su cuerpo se sintiera incómodo.

Alessandro miró su perfil pálido. Se dio cuenta con sorpresa de que era una mujer hermosa. Era algo que no resultaba patente de inmediato, porque ella se esforzaba mucho por ocultar sus encantos, pero, al observarla, vio que sus rasgos eran perfectos. Nariz pequeña y recta, labios plenos y sensuales, pómulos altos y marcados... Tal vez lo severo del peinado acentuaba todo eso.

Se preguntó cómo sería de largo su pelo. Imposible saberlo.

Ella se giró bruscamente y él se enderezó y se sonrojó un poco por haber sido sorprendido mirándola.

–Dudo de que George vaya a salir huyendo si sospecha que lo estás investigando –dijo Kate–. Y eso suponiendo que sea culpable de algo.

–¿Por qué te esfuerzas tanto por protegerlo?

–No me esfuerzo. Solo quiero ser justa. Se es inocente hasta que no se demuestre lo contrario, ¿no?

Se abrieron las puertas del ascensor y ella salió

al amplio vestíbulo de mármol que todavía conseguía impresionarla después de casi dos años.

No protegía a George Cape. ¿O sí? Al pensar en él, un hombre menudo al que apuntaban con un arma y que ni siquiera lo sabía, pensó en su vulnerable madre, que se había pasado casi toda la vida con un arma en la sien y no se había dado cuenta. Y al pensar en su madre, sintió que se le encogía el corazón.

–Encomiable –murmuró Alessandro–. Empezaremos el lunes. La investigación para averiguar si Cape es culpable de desfalco o de estupidez. Sea como sea, sin duda acabará despedido. ¿Dónde vives? Mi coche está en el aparcamiento.

Capítulo 2

KATE había tenido que esforzarse para no ponerse en contacto con George Cape durante el fin de semana. ¿Era culpable? Le costaba creerlo. Era un auténtico caballero, educado y amable, y la había tomado bajo su ala protectora cuando ella había empezado a trabajar para él. Aunque en los tres últimos meses no parecía el mismo. ¿Había una explicación para todo aquello?

Había revisado la carpeta. Por suerte, no se había montado ninguna compañía fantasma, lo cual esperaba que descartara el fraude a gran escala. Pero sí había entradas extrañas y...

Suspiró y miró su reloj. Había conseguido desalentar a Alessandro el viernes por la noche, pero en aquel momento la esperaba en su despacho. Eran casi las siete de la tarde y la oficina volvía a estar prácticamente vacía, con excepción de unos pocos empleados inmersos en su trabajo que apenas la miraron cuando salió de su despacho y se dirigió a los ascensores.

Hacía tiempo que no entraba en el despacho de Alessandro. Desde que habían tenido que solucionar unos problemas de impuestos. George y el jefe de finanzas habían estado también presentes entonces, pero en cierto momento se había quedado a solas con Alessandro y él había pedido comida para los dos.

Esa había sido una de las pocas ocasiones en las que habían estado a solas y todavía recordaba cómo le había ardido el cuerpo en una ocasión en que sus ojos se habían encontrado.

Los de él eran muy oscuros, con pestañas espesas y oscuras, y aquel día había mostrado una expresión pensativa que a ella le había dado escalofríos. Sentirse mirada por él había sido como una experiencia muy física y no le había gustado.

Y en ese momento volvía a aventurarse en la guarida del león, decidida a controlar sus reacciones.

Desgraciadamente, su corazón, que latía con fuerza, empezaba ya a fallarle y, cuando oyó la voz profunda y viril que le decía que entrara, le sudaban las manos.

Él estaba repantingado en su sillón de piel con las manos cruzadas en el estómago.

–Ha habido un leve cambio de planes –dijo.

Kate se detuvo bruscamente.

–¿Puedo dejar la carpeta y la comentamos en otro momento? –preguntó, con una mezcla de decepción y alivio–, si estás ocupado.

–Lo hablaremos mientras comemos algo.

Ella lo miró alarmada.

–Eso no es necesario. No he podido hablar con el departamento informático para conseguir la contraseña de George, pero no creo que tengamos que llegar a eso –se adelantó unos pasos y dejó la carpeta en la mesa de él–. No hay empresas fantasmas, lo he revisado atentamente y...

–Lo haremos mientras cenamos.

Él se levantó y tomó su chaqueta, que estaba tirada sobre el sofá de piel pegado a la pared. No se molestó en ponérsela, sino que la sujetó sobre el hombro con un dedo.

–Te he pedido que trabajes después de tu hora y es justo que te invite a cenar. Los dos tenemos que comer.

–No había pensado... Mi informe no llevará mucho tiempo.

Alessandro se había detenido delante de ella y su cuerpo musculoso irradiaba una energía que absorbía la de ella y la dejaba en un estado de confusión. Kate se resentía de ambas cosas. Era una profesional consumada, una mujer que nunca perdía su aspecto eficiente. Había dedicado toda su vida a controlar las debilidades femeninas que habían reducido a su madre a ser una víctima a lo largo de los años.

Se enderezó.

–Estamos hablando del futuro de un hombre –le recordó Alessandro–. No querrás jugártelo en un resumen de cinco minutos solo porque tienes una cita interesante esta noche, ¿verdad?

–No tengo ninguna cita.

La frase salió de su boca antes de que pudiera detenerla y, aunque no era nada del otro mundo, se sintió vulnerable. Le ardieron las mejillas.

–Prefiero no salir entre semana –continuó, aunque sabía que debería guardar silencio porque él la miraba cada vez con más curiosidad–. A menudo me llevo trabajo a casa. Hay mucho que repasar y sé lo fácil que es que... se... amontonen... cosas.

–Te quedas hasta tarde todos los días, Kate. No creo que nadie espere que te lleves también trabajo a casa –él abrió la puerta y se hizo a un lado para dejarle pasar–. Razón de más para que te invite a cenar y que podamos hablar de esto en un entorno más informal. No quiero que me veas como a un jefe poco escrupuloso que niega una vida privada a sus empleados.

Kate caminó con brusquedad hacia el ascensor. Se volvió a mirarlo.

–¿Pero no lo eres?

Era una pregunta osada. Una pregunta que no debería haber hecho. Él representaba todo lo que no le gustaba. En circunstancias normales, no deberían haberse cruzado. Él raramente entraba en las entrañas de sus oficinas, donde sus empleados mantenían bien engrasados los engranajes de su maquinaria.

–¿No soy qué? –él se preguntó cómo no había notado antes que los ojos verdes de ella eran del color del cristal pulido.

–Poco escrupuloso –repuso ella sin mirarlo, cuando bajaban ya en el ascensor.

Cuando salieron del edificio, le resultó más fácil hablar caminando a su lado y sin tener que mirarlo a la cara.

–Lo que quiero decir es que pensaba que, para llegar tan alto, tenías que ser poco escrupuloso. Nadie llega a jugar en la Liga de Campeones a menos que esté dispuesto a... bueno...

–¿A aplastar todo lo que encuentre en su camino? –él la tomó del brazo y la giró hacia sí.

–No he dicho eso.

–Ese no es mi estilo. Y no es necesario. Y, si lo dices por la decisión que pueda tomar sobre Cape, estás muy equivocada. Si ha defraudado a mi empresa, tendrá que asumir las consecuencias. La gente tiene que vivir y morir según las decisiones que tome.

–Eso parece algo duro.

–¿Lo es? –los ojos de él se oscurecieron, pero le soltó el brazo, aunque no siguió andando de inmediato. La gente que pasaba los miraba con curiosidad.

Hacía calor y a Kate empezaba a resultarle incómodo el traje. Le cosquilleaba la piel y se lamió el labio inferior con nerviosismo.

–Aunque no es asunto mío –dijo–, ¿dónde vamos a cenar?

–¿Ese es tu modo de decir que quieres finalizar esta conversación?

–No debería haber dicho lo que he dicho.

–Eres libre de decir lo que piensas.

Echaron a andar hacia un pub situado en una de las callejuelas laterales próximas a la oficina.

–¿Porque solo es una empresa familiar? –preguntó ella, en un tono más ligero.

–Eso es. Una gran familia feliz, siempre que todos sus miembros se porten bien. Si uno de ellos deja de hacerlo, me temo que tendré que gobernar con mano firme.

–Es una familia muy grande.

–Que empezó siendo pequeña. Y supongo que por eso es importante para mí asumir el control cuando se presenta una situación como la actual. Yo no creé esto para que me lo roben. Hemos llegado.

Abrió la puerta a un espacio tan oscuro que a Kate le costó unos segundos que se le adaptara la vista. Oscuro, fresco y algo desastrado.

–No es el tipo de lugar que pensaba que te gustaría a ti –comentó en un impulso.

Alessandro sonrió.

–Soy un viejo amigo del propietario y, a decir verdad, venir aquí es una especie de antídoto a mi ritmo de vida frenético. ¿Por qué no te quitas la chaqueta?

–Estoy bien.

Él enarcó las cejas con incredulidad.

–Y supongo que quieres lanzarte a trabajar de inmediato.

–Tengo todos los papeles en el maletín.

–Pues, si no te importa, a mí me gustaría relajarme cinco minutos antes de que me cuentes lo que está haciendo George Cape. Puede que creas que soy muy duro, pero Cape lleva bastantes años en mi empresa. Si quería un préstamo, es lamentable que no me lo dijera.

Kate no tuvo ocasión de decirle que quizá debería cultivar más el ambiente familiar del que hablaba porque llegó el dueño del local, que se puso a hablar rápidamente con Alessandro en italiano. La joven miró a su jefe, que parecía relajado, sonreía y gesticulaba mucho. En conjunto, mostraba una calidez que solía ocultar normalmente.

Pensó que aquel debía de ser el hombre que seducía a las mujeres. El que tenía a cualquier mujer que quisiera con solo chasquear los dedos.

Y, por supuesto, ninguna de esas mujeres era del montón ni mucho menos fea.

Cuando se vio arrastrada a la conversación, sonrió cortésmente y estrechó la mano del propietario antes de que este los llevara a una mesa situada en una especie de alcoba en la parte de atrás del restaurante.

Cuando se hubieron sentado, ella sacó la carpeta del maletín y la colocó en la mesa a su lado.

Les llevaron vino, cortesía de la casa.

–Debes de conocer muy bien al propietario –murmuró ella–, si siempre te invitan a vino.

–Él me invitaría también a cenar –repuso Alessandro–, pero yo insisto siempre en pagar lo que como.

–Eso es muy considerado por tu parte.

Él se echó a reír y le lanzó una mirada apreciativa.

–Tienes sentido del humor. Jamás lo habría adivinado.

Kate pensó que aquel comentario rozaba la grosería, pero ¿cómo objetar nada cuando ella había sido tan directa en algunas de las cosas que había dicho?

–Tranquila –él apartó con gentileza la mano con la que ella cubría su copa y le sirvió–. Puede que hayamos venido aquí a trabajar, pero ahora no estás en la oficina.

Kate pensó que aquel era precisamente el problema. Porque en la oficina, rodeada de ordenadores, archivadores, escritorios y el zumbido constante de los teléfonos, podía ser una profesional controlada y fría, pero allí...

El lugar era muy popular. Casi todas las mesas estaban ocupadas y la zona del bar se hallaba a rebosar de hombres con traje y mujeres con elegantes vestidos de verano y tacones altos.

–¿Por qué trabajas tantas horas? –preguntó él.

Kate frunció el ceño y miró su copa antes de tomar un sorbo. ¿Qué tipo de pregunta era aquella? Él era el dueño de la empresa, debería felicitarla por trabajar tanto, ¿no?

–Creía que era el modo de ascender –repuso–. Pero puede que esté equivocada.

Alessandro sonrió. Le gustaba el humor seco de ella.

–Es decir –continuó Kate porque le parecía que el comentario de él contenía un atisbo de crítica–, tú el viernes mostraste decepción porque toda la oficina estaba vacía cuando llegaste.

–Es verdad.

–¿Y por qué me criticas a mí porque trabaje unas horas más de vez en cuando?

–Me dio la impresión de que eso era más bien la norma que la excepción. Y no te estoy criticando.

–Pues parece que sí.

Kate sentía los ojos de él fijos en ella y tuvo que esforzarse para no encogerse visiblemente.

Él era su jefe y le convenía mostrarse lo más educada y distante posible. Independientemente de sus palabras sobre la gran familia, él podía arruinar su carrera con solo chasquear los dedos. Como sin duda arruinaría la de George Cape.

Lo miró con resentimiento y se preguntó cómo sería tener aquellos labios sensuales en su piel.

No sabía de dónde había salido aquel pensamiento errabundo, pero era tan vívido que todo su cuerpo respondió a él. Sentía una extraña sensación en los pechos y entre las piernas... le horrorizó darse cuenta de que estaba húmeda.

–Soy ambiciosa –dijo con calor–, y eso no tiene nada de malo. Trabajo mucho porque espero que me compense, que me asciendan. No nací en una familia rica y he tenido que luchar por todo lo que tengo.

No debería haber hablado tanto, aunque todo era verdad. Sentía que estaba mal confiarse a él. ¿Y por qué lo hacía? No estaba en una entrevista de trabajo y él no le había pedido explicaciones.

Se lamió los labios con nerviosismo y se dio cuenta de que estaba inclinada hacia delante con los puños cerrados sobre la mesa. Se obligó a relajarse y sonrió.

–¿Estás insinuando que tus colegas proceden de entornos más privilegiados que tú?

–No insinúo nada. Solo establezco un hecho.

Alessandro notó que se había sonrojado. De cerca, percibía que sus reacciones eran sinceras. Se ruborizaba cuando él no lo esperaba porque la impresión que transmitía era de autocontrol. Recordaba haberle hecho preguntas sobre ciertos temas del trabajo y ella se había mostrado tranquila y bien informada, sin dar señales de su verdadera personalidad.

Pero allí no estaban en un frío despacho. La carpeta que ella había dejado sobre la mesa era la única evidencia de que aquella fuera una reunión de trabajo. Y sin el apoyo de la oficina, él podía entrever a la persona que había detrás de aquel exterior hermoso pero insulso.

¿Quería llevar la conversación de vuelta al trabajo? Todavía no.

–¿Quizá crees que yo sí? –murmuró.

–No he pensado en eso –mintió ella–. Estoy aquí para hacer un trabajo, no para curiosear en las vidas de otras personas.

–En ese caso, tu vida debe de ser muy aburrida.

–¿Por qué? ¿Por qué dices eso?

–Porque es encomiable trabajar duro y hacer un buen trabajo, pero ¿no interesan a todo el mundo los cotilleos del trabajo? Las especulaciones...

–A mí no –contestó ella.

Su voz era firme, pero estaba muy nerviosa. Tomó la carta y la miró, pero sentía los ojos de él clavados en ella.

–Creo que tomaré el pescado –dijo.

Alessandro no se molestó en mirar la carta. Siguió con los ojos clavados en ella. Hizo un gesto con la mano y alguien se acercó a la mesa. Kate se preguntó cómo lo hacía. ¿Había alguien esperando a que el señor poderoso le hiciera una seña?

Por supuesto que sí. El dinero hablaba por sí solo y Alessandro Preda tenía mucho. Grandes cantidades de dinero.

La gente cambiaba cuando estaba rodeada de dinero. El sentido común salía por la ventana y entraban la sumisión, el servilismo y una incapacidad para actuar de un modo normal.

Por eso era natural que ella sintiera algo en su presencia. Era muy atractivo, en especial cuando ella recibía el impacto completo de su personalidad. Pero ella no sería nunca una de esas mujeres que caían a sus pies. Como las dos chicas del departamento legal que se reían al oír su nombre y proyectaban locas fantasías sobre él en el restaurante de las oficinas. Kate las había oído en varias ocasiones.

Ella no era así. Su cuerpo podía mostrarse algo rebelde, pero su cabeza estaba firmemente anclada en la realidad.

Esperó cortésmente mientras él pedía, rechazó más vino y luego acabó cediendo porque el vino hacía que se relajara.

–Respecto a George... –abrió la carpeta y sintió el peso de la mano de él en la suya.

–A su debido tiempo.

–Perdón. Pensaba que habías terminado de relajarte –el corazón le latía con tanta fuerza que se preguntó si no tendría un leve ataque de pánico. O peor aún, si se estaría convirtiendo en una de esas mujeres cuya inteligencia desaparecía en cuanto él se acercaba.

–Solo estoy empezando –repuso él.

Le lanzó una brillante sonrisa que no hizo nada por tranquilizar el cuerpo desobediente de ella y Kate apretó los labios en respuesta.

–Quizá debería haberme tomado más interés por tu carrera antes, teniendo en cuenta que eres una de mis estrellas en ascenso.

–No sabía que evaluaras a tus empleados –repuso Kate con educación.

–No suelo hacerlo –replicó él.

No miró al camarero que colocaba la comida en la mesa. Solo quería que el hombre desapareciera porque se sentía agradablemente estimulado y no quería perder el momento. Esos momentos no abundaban tanto en su vida.

–Para eso están los empleados de Recursos Humanos –dijo–. Aunque, para ser justos, probablemente trabajan menos que tú.

–Todo el mundo trabaja horas extras en invierno. Es solo que es verano y hace calor fuera. Supongo que quieren salir a su hora y disfrutar del sol.

–¿Pero tú no? ¿No te espera nada urgente después del trabajo?

–No creo que sea asunto tuyo lo que haga fuera del trabajo. Y, si crees que es una grosería que diga eso, te pido disculpas ahora mismo.

–No es necesario. Solo quiero saber algo. ¿Sientes la necesidad de vivir en la oficina para seguir ascendiendo?

Kate intentó imaginarse una vida en la que una mítica media naranja estuviera preparando algo en la cocina para ella, mirando el reloj ansioso por si ella se retrasaba. Tendría que hacer algo al respecto para convertir aquel pensamiento en realidad. Todavía no echaba de menos tener un hombre en su vida, pero acabaría haciéndolo. No pretendía ser una isla, y, si no tenía cuidado, se despertaría un día y se encontraría sola porque lo habría sacrificado todo a su búsqueda de la seguridad económica.

–Dime en qué piensas.

–¿Eh?

–Estás muy lejos de aquí –gruñó Alessandro–. Es una pregunta sencilla. No creía que necesitara tanto pensamiento profundo.

Por un momento, ella casi le dijo los pensamientos que requería su «pregunta sencilla». Más de los que él se podía imaginar porque, le gustara o no, aquel hombre que veía su vasto imperio como una empresa familiar, era un hombre que procedía de una familia rica. ¿Cómo iba a entender lo que la impulsaba a ella a llenar todos los huecos que habían dejado su infancia y primera juventud?

–Perdón. No. Claro que sé que no hay necesidad de que trabaje tantas horas para ascender. Aunque, para ser justa, en invierno probablemente trabaje menos horas que mis colegas.

–¿Ah, sí? ¿Porque eres un ave nocturna?

Kate pensó entonces en su madre, en aquellos trabajos en bares oscuros donde ganaba dinero de las propinas, bailando y mostrando su cuerpo con cualquier trapo que le dijeran que se pusiera. Un ave nocturna que hacía trabajos de noche.

No como ella.

–¡Nunca me digas eso! –exclamó, sin darse cuenta. Temblaba de rabia y metió las manos debajo de la mesa, sobre su regazo, para que él no viera que le estaban temblando.

–¿Decirte qué? –preguntó Alessandro despacio, con sus penetrantes ojos fijos en el rostro sonrojado de ella–. ¿He dicho algo malo? –frunció el ceño al ver el visible esfuerzo que hacía ella por controlarse–. Dime cuál es el problema.

–No hay ningún problema. Lo siento. He tenido una reacción exagerada.

–En primer lugar, deja de disculparte por todo lo que dices que crees que podría ofenderme. No me ofendo fácilmente. Y, en segundo lugar, sí hay un problema. Te has puesto blanca como el papel y ahora tiemblas como una hoja. ¿Qué ha provocado una rabia así?

Sentía mucha curiosidad. Bajo aquella superficie calmada, ella era un hervidero de emociones y aquello lo intrigaba. Se inclinó hacia delante con los codos sobre la mesa.

–Estás buscando un modo educado de decirme que no es asunto mío, ¿verdad?

Kate apartó la vista. Sentía toda la fuerza de la personalidad de él como algo primitivo y físico y eso la sorprendía y la seducía a la vez. Era una prueba de la tenacidad que lo había impulsado hasta la estratosfera de la riqueza y el poder e iba más allá, mucho más allá, de su formidable inteligencia y su ambición.

Apartó la cara, con el corazón latiéndole con fuerza.

–Mi madre trabajaba en un bar de cócteles –dijo–. Entre otras cosas. Y no sé por qué te digo esto –lo miró con aire acusador–. No suelo contárselo a la gente. No soy una persona que haga confidencias. Sé que crees que soy rara porque trabajo muchas horas, pero...

–¿Pero ansías seguridad económica?

–Ansiar es una palabra muy fuerte –ella sonrió un poco–. Pero puede que sea la correcta.

Sentía una extraña liberación. En sus años adolescentes había pasado mucha vergüenza y había intentado no acercarse mucho a nadie. No quería que sus compañeros supieran en qué trabajaba su madre ni que llevaba hombres a casa que la utilizaban por su aspecto, que era una mujer triste y desesperada que solo sabía darles su cuerpo para que siguieran con ella.

Había querido a su madre, pero se había avergonzado de ella. Y se había avergonzado de avergonzarse. Y en ese momento estaba allí con su jefe, un hombre cuyo estilo de vida le asqueaba, que representaba todo lo que consideraba de mal gusto en un hombre, y la comprensión que mostraba su rostro era como una llave que abriera los secretos de ella. Resultaba estúpido. Muy estúpido. Y también peligroso.

–Me crie de un modo... inestable. Mi madre nunca buscó un trabajo normal. Solo recuerdo que salía de noche y me dejaba con algún amigo o amiga cuando era pequeña y después, una vez que cumplí los doce años, sola. Yo la quería, pero odiaba el modo en que se ganaba la vida. Odiaba imaginarla con poca ropa, con hombres mirándola e intentando tocarla. Y siempre se estaba enamorando... siempre pensaba que su pareja ideal era el siguiente hombre guapo que le hacía un poco de caso y le decía que era hermosa.

–Y cuando te he llamado ave nocturna...

–Lo siento –Kate, mortificada, miró su copa de

vino vacía y se dejó servir más. Se preguntó cuánto había bebido sin darse cuenta. ¿Quizá el alcohol le había soltado la lengua? No se sentía nada mareada, pero ¿por qué, si no, se había vuelto tan habladora?

–¿Qué te he dicho de disculparte?

–Trabajo para ti.

–Eso no te convierte en mi súbdita –gruñó él–. ¿Dónde vive ahora tu madre?

–En Cornwall –Kate lo miró un momento y apartó la vista con rapidez–. Se casó dos veces. Su segundo marido, Greg, le dio dinero suficiente en el divorcio para comprarse una pequeña casa y ella quería estar al lado del mar.

–¿Y tu padre?

–No sabía que esto sería un interrogatorio –replicó, pero Kate sabía que ella había iniciado aquella conversación y se notaba en su voz.

Alessandro jamás había sentido curiosidad por las historias de sus mujeres, pero la sentía en aquel momento.

–Mi padre se marchó poco después de nacer yo. Fue el primer amor de mi madre, y ahora dice que el único –Kate carraspeó para buscar la voz brusca y profesional que formaba parte de su persona. Por desgracia, justo cuando más la necesitaba, no la encontró–. Creo que ha intentado reemplazarlo desde entonces.

–¿Y ahora?

–¿Y ahora qué?

–¿Hay alguien en su vida?

Kate sonrió y a Alessandro se le cerró la garganta en una reacción sorprendente que surgía de ninguna parte. Aquella mujer era hermosa. ¿Lo ocultaba deliberadamente? Aquello era una caja de Pandora. Ella trabajaba para él y habían ido allí a hablar del futuro de un empleado. Un tema serio. Pero no quería abandonar la conversación en aquel punto.

–Tengo el orgullo de anunciar que mi madre ha estado libre de hombres durante tres años. Creo que puede haberse curado de su adicción a buscar el amor en todos los lugares equivocados.

–¿Y tú? –murmuró Alessandro con voz ronca–. ¿Estás libre de hombres en este momento?

Se la imaginó con un hombre. Se la imaginó con él. La cara que ella elegía mostrar al mundo no era la suma total de la persona que era en realidad. De hecho, cuando se rascaba la superficie, el exterior frío y marmóreo daba paso a impredecibles corrientes turbulentas.

Tuvo el loco impulso de probar aquellas aguas.

Sabía que tenía sus razones para las elecciones que había hecho y seguía haciendo. Sus padres y su amor absorbente habían dejado poco espacio para un niño y ninguno en absoluto para el sentido común. El suyo había sido un mundo donde solo cabían ellos dos y sus ridículas elecciones habían hecho que se perdiera la fortuna familiar debido a decisiones precipitadas, errores estúpidos e inversiones irracionales.

¿Control? Ellos no lo habían tenido. Él sí. Él controlaba cada aspecto de su vida, incluida su vida amorosa, pero de pronto todas las mujeres hermosas, insulsas y controlables que habían llenado su vida le parecían opciones seguras y deprimentes.

Resultaba una locura. Él nunca había mezclado los negocios con el placer. Nunca. Aquella mujer era territorio prohibido.

Pero le había despertado la libido y sentía una erección poderosa presionando la cremallera de sus pantalones, una erección abultada e incómoda.

Kate detectó algo en su voz que le produjo un estremecimiento y se esforzó desesperadamente por reprimirlo.

¿Cómo narices había ocurrido eso? ¿Cómo había virado la conversación de George y sus fechorías a preguntas sobre su vida privada? ¿Qué la había impulsado a empezar a contar la historia de su vida como una idiota?

–He estado ocupada con mi carrera –repuso con brusquedad–. No he tenido tiempo de cultivar relaciones.

–Personalmente –comentó Alessandro–, siempre he comprobado que un poco de diversión hace que el trabajo vaya mucho más deprisa.

–Ese enfoque no me funciona a mí –ella frunció el ceño al oír su voz fría, aguda y a la defensiva–. Y ahora creo que debemos pedir la cuenta. Es más tarde de lo que pensaba. No creo que sea justo para George que limitemos la conversación de su aprieto a unos cuantos minutos al final de una cena. Comprendo que tú ya le has adjudicado una mente delictiva, pero yo creo que se merece algo mejor que eso.

Alessandro apartó mentalmente el tema del malhadado George y lo que hubiera hecho. Ya se ocuparía de eso más tarde. Por el momento...

–¿Qué enfoque es el que no te funciona? –preguntó.

Kate fingió que no entendía la pregunta y no contestó.

–Ah, has decidido retirarte detrás de tu máscara profesional. ¿Por qué?

–Porque no hemos venido aquí a hablar de mí. Hemos venido a hablar de George.

–Pero no lo hemos hecho –señaló él.

–Y eso ha sido un error –ella respiró aliviada cuando les llevaron la cuenta y se sintió más aliviada todavía cuando se acercó el dueño y empezó a preguntarles lo que opinaban de la cena.

Alessandro la observó ponerse de pie, dando la conversación por terminada.

–Iré a casa en taxi –declaró con firmeza.

Él no le hizo caso.

–No lo permitiré.

Salieron a la noche, que había refrescado bastante. Él hizo una llamada y poco después se materializó su automóvil con el chófer. Alessandro abrió la puerta del acompañante para Kate y, cuando ella se sentó, se inclinó y la miró a los ojos.

–Te alegrará saber que no te voy a imponer mi compañía –dijo con una sonrisa–. Jackson te dejará en tu casa y otro día seguiremos donde lo hemos dejado.

–¿Qué otro día? –preguntó ella, preocupada.

–Ya te lo haré saber.

–Pero ¿no quieres aclarar este lío lo antes posible?

–Tú puedes seguir pendiente de las cuentas de

negocios por si detectas actividades sospechosas, pero, si no las hay, ¿por qué no dejamos que George disfrute de su última cena, por así decir? –se enderezó, dio una palmada en el reluciente Maserati negro y se quedó mirándolo hasta que se perdió de vista.

Hacía mucho tiempo que no se sentía tan lleno de vida.

Se preguntó qué iba a hacer al respecto.

Capítulo 3

EN LOS últimos años, Kate había considerado su lugar de trabajo como un refugio. Allí se sentía en pleno control de su vida y trabajaba duro para construir los muros que le daban nitidez y propósito.

Pero en esos momentos estaba nerviosa. En vilo. Siempre pendiente de Alessandro, que, en el último par de días, había aparecido a menudo para hablar con ella. De un cliente que tenía un problema de impuestos peliagudo, de dos compañías de ultramar cuyos vastos beneficios habían suscitado la idea de fragmentarlas, de una adquisición que supondría la entrada en el mercado electrónico, de envíos y de entrar en la industria del ocio con publicaciones...

–Normalmente, esto lo llevaría Cape, pero teniendo en cuenta que está de vacaciones fuera del país y que sus vacaciones pueden volverse permanentes, será mejor que empieces a familiarizarte con algunas de sus responsabilidades.

Eso había sido a las cinco y media de ese día, cuando la mayoría de sus colegas había desconectado ya para marcharse y a todos les había causado ansiedad la llegada del gran hombre.

Kate se había mantenido todo lo tranquila y profesional que había podido, pero estaba muy nerviosa. Le había preguntado si no sería mejor encomendarle aquello al jefe del departamento de finanzas, pero le había dicho que no. Watson Russell estaba con varios negocios importantes y, además, aquellos asuntos serían poca cosa para él.

Después, algunas de las chicas se habían quedado cerca esperando a que ella saliera de su despacho para acosarla a preguntas, ninguna de las cuales tenía nada que ver con su trabajo. Querían saber su opinión de él como hombre cachas. Kate se había propuesto no entrar nunca en ese tipo de conversaciones, pero se había visto entre la espada y la pared y había acabado admitiendo que estaba bien pero no era su tipo. Pero las chicas querían saber por qué iba tanto a verla y si había algo entre ellos y Kate se había visto de pronto convertida en una chica que soltaba risitas nerviosas y eso le había preocupado.

Y él todavía no se había comprometido a una reunión en la que pudiera enseñarle lo que había descubierto, que, al final, no era gran cosa. George había metido las manos en la caja, pero no había durado mucho tiempo y las cantidades no eran muy importantes.

Hablaría de eso con Alessandro e intentaría lograr que se compadeciera de George, pero no tenía muchas esperanzas.

Ese día estaba ya en casa mucho antes de lo acostumbrado. Miró el ordenador de mala gana. Todavía no eran las seis y no le apetecía continuar donde lo había dejado en el despacho.

Mientras se movía por su agradable apartamento de la planta baja, tuvo tiempo de pensar en la vida social de la que carecía.

La puerta de atrás estaba abierta y podía oler la barbacoa de los vecinos. Aparte de la pareja simpática con dos hijos, que vivían en la casa de al lado, no conocía a ningún vecino más.

En el trabajo, dos colegas la habían invitado a ir al pub con ellos y Kate había sentido pánico porque...

Porque toda su vida estaba dedicada al trabajo.

¿Cómo había ocurrido eso? O sea, sabía cómo y sabía por qué, pero no entendía cómo había llegado a perder la perspectiva de tal modo.

No solo no tenía vida social. Además, ¿dónde estaba el hombre con el que debería estar saliendo? ¿Dónde la excitante vida sexual de la que debería disfrutar?

Solo había tenido un novio, tres años antes, y había desaparecido de la faz de la Tierra porque quería más atención de la que ella estaba dispuesta a prestarle. No había entendido que ella estaba preparando exámenes y tenía que estudiar cuando no estaba trabajando en la empresa de contabilidad de la que se había marchado al cualificarse como contable.

En su momento se había enfadado, porque creía que a él no le habría resultado muy difícil dejarla respirar un poco. ¿No le bastaba con que se divirtieran los fines de semana? Pero él quería algo más que diversión de fin de semana.

Y ella en ese momento estaba sola. No le habría

gustado seguir todavía con Sam. No, pensándolo bien, no era el hombre ideal para ella, pero ¿no debería haberle encontrado ya un sustituto en alguna parte?

Después de todo, vivía en Londres, ¿no?

Frustrada con la dirección que tomaban sus pensamientos, cerró la puerta de atrás para que el olor de la barbacoa no le recordara lo que se perdía.

Se dio una ducha, se puso un pantalón corto y una camiseta de tirantes y se propuso dejar aquellos pensamientos por los que culpaba a su jefe, que había conseguido que empezara a pensar que le faltaba algo.

Y, cuando empezó a pensar en Alessandro, ya no pudo parar.

¡Era tan vital y rezumaba tanta energía! A su lado se sentía como una sombra pálida y lánguida que fingía tener una vida plena cuando no era verdad.

Absorta en esas especulaciones sin sentido, solo fue consciente del timbre cuando lo tocaron con insistencia. Se levantó y corrió a abrir.

Alessandro Preda era la última persona a la que esperaba encontrar en su puerta. De hecho, parpadeó para aclararse la visión y convertirlo en otra persona. Pero no, él seguía allí. Alto, dinámico, de hombros anchos y con mucho atractivo exótico.

La miró sin decir nada. Llevaba los pantalones del trabajo, grises y convencionales, pero iba sin chaqueta y se había arremangado la camisa hasta los codos.

–¿No vas a invitarme a entrar? –preguntó al fin. Le costó hacerlo. Había querido sorprenderla, se había dejado llevar por la curiosidad de verla en algún lugar que no tuviera nada que ver con la oficina.

Pero no se había esperado aquello.

Esa no era la mujer estirada de su oficina. Era otra mujer. La mujer que había entrevisto en el restaurante.

Llevaba pantalones cortos y una camiseta de tirantes y el pelo largo recogido en una coleta que le colgaba por la espalda.

¿De dónde había salido aquel cuerpo? Era alta y esbelta, con el estómago plano y los pechos...

Empezó a sudar y su reacción física ante ella fue intensa, inmediata... una afluencia de sangre que invadió su cuerpo como un maremoto.

Ella no llevaba sujetador.

–¿Qué haces aquí? –preguntó Kate, casi sin aliento.

Apenas si podía apañárselas con él en la oficina. Estaba en guerra consigo misma por la reacción confusa que le producía. ¿Cómo se atrevía a presentarse en su casa?

Consciente de pronto de lo escaso de su ropa, se abrazó el cuerpo y permaneció clavada en el sitio. No le había cerrado la puerta en la cara, pero tampoco lo invitaría a entrar.

–Esta semana he estado ocupado –dijo él con brusquedad. Se pasó los dedos por el pelo e intentó recuperar la compostura–. Tenía intención de comentar este tema contigo, pero no ha habido tiempo. Como tú dijiste, Cape se merece algo más que cinco minutos de mi tiempo.

–Pues si has tenido tiempo de darme trabajo antes incluso de haber enterrado a George...

–Pero ¿por qué tienes que ser tan melodramática? ¿Y me vas a invitar a entrar o tenemos que tener esta conversación aquí? Los vecinos se preguntarán qué es lo que ocurre.

Kate se volvió, muy consciente de su pantalón corto y de la armadura que representaban normalmente sus trajes.

Alessandro miró su trasero. Tenía una erección que resultaba ya dolorosa... y probablemente visible. Se metió ambas manos en los bolsillos en un intento por limitar los daños de su abultada excitación.

–Voy a cambiarme –le dijo ella en la cocina–. Lo siento. Entiendo que eres el jefe y que probablemente crees que puedes hacer lo que te apetezca, pero no creo que debas venir aquí sin previo aviso.

Lo miró con los brazos cruzados. Su corazón latió más deprisa cuando sus miradas se encontraron. Sentía la piel demasiado ajustada para el cuerpo.

–¿Por qué? –preguntó él.

Se había sentado ante la mesa de la cocina. Menos mal. ¿Qué narices le ocurría? Había tenido muchas mujeres espectaculares y nadie había producido un efecto tan instantáneo en su libido. ¿Era debido a la dicotomía entre la profesional consumada y la mujer sensual que había debajo del uniforme que elegía llevar? Quizá hacía mucho que no tenía sexo. Era un hombre con un impulso sexual fuerte y utilizar la mano para hacer el trabajo no resultaba satisfactorio cuando existía la opción de que una boca de mujer hiciera el mismo trabajo.

Pensó en la boca de Kate allí, en su lengua acariciando el pene de él con delicadeza, y respiró con fuerza.

–Sí –dijo–. Ve a cambiarte, si te sientes mejor vestida con un traje porque estoy yo aquí y te resulta imposible ser otra cosa que una empleada delante de mí.

–¿Qué se supone que significa eso? –preguntó Kate.

Alessandro suspiró.

–No significa nada –«significa que debes irte ahora y volver decentemente vestida. La tela de saco puede que funcione»–. Y tienes razón. No he debido venir aquí sin llamarte antes.

–¿Cómo sabías dónde vivo?

–Jackson ha tenido la amabilidad de darme esa información.

–Eso es otra cosa más –repuso ella, pensando en sus colegas y sus reacciones al ver a Alessandro descender del Olimpo para bendecirlos con su presencia–. La gente habla.

–¿Habla? –Alessandro inclinó la cabeza a un lado y la miró con intensidad–. ¿De qué habla la gente? ¿Y quién es esa gente que habla?

–Tú no bajas casi nunca a nuestra planta. De hecho, solo recuerdo una vez en la que vinieras a verme a mi despacho y George estaba también presente. Y de pronto apareces cuando te apetece y la gente... bueno, la gente se pregunta a qué se debe. Creen... No sé lo que creen, pero no quiero que lo crean. Sea lo que sea.

–¿O sea, que esa gente cree algo que no sabes lo que es y tú no quieres que lo crea?

–Soy una persona muy reservada. Siempre lo he sido.

«Excepto una noche en un restaurante, en que me fui de la lengua».

–No sé lo que puedo hacer yo para resolver ese asunto –Alessandro frunció el ceño, pero sonreía y eso hizo que Kate se sintiera como una idiota–. Supongo que debes de pensar que Jackson también cree algo. Aunque nadie lo sabe de cierto.

–Tú puedes reírte de la situación, pero soy yo la que tiene que vivir con las estúpidas especulaciones de la gente.

–Eso es la vida de oficina. Quizá deberías bajar de tu torre de marfil y vivirla. Y no te preocupes por Jackson. Lo que piense o deje de pensar no se lo dirá a nadie.

Kate apretó los dientes. Aquel hombre era insoportablemente arrogante y se permitía hablarle a ella de torres de marfil.

–Quizá debería –respondió.

–Parece que te hayas tragado un limón –Alessandro sonrió. No se había fijado antes en las pecas de ella, ni en que su cabello castaño era más claro de lo que parecía recogido en un moño y era dorado en las puntas.

–Voy a cambiarme. Si quieres beber algo, hay una botella de vino abierta en el frigorífico o puedes prepararte té o café. La cocina no es grande, seguro que encuentras lo que necesites.

Kate se dirigió al dormitorio, furiosa por la visita y furiosa porque la ponía nerviosa. Cerró los ojos, respiró profundamente y se cambió el pantalón corto y la camiseta de tirantes por unos vaqueros y una camiseta ancha. Se rehízo la coleta, pero no la reemplazó por un moño.

Cuando volvió a la cocina, Alessandro seguía en la mesa de la cocina, con un vaso de vino ante sí, las largas piernas extendidas a un lado, recostado en la silla y con las manos cruzadas detrás de la cabeza.

–Me gusta tu apartamento –dijo–. Fresco, espacioso, colores claros... Y es agradable que no esté en un bloque de apartamentos grande e impersonal. Asumo que solo hay otro apartamento encima del tuyo.

–Has estado curioseando –dijo ella.

–Has desaparecido para cambiarte de ropa. ¿Qué querías que hiciera yo?

–Quería que te prepararas té o café y te quedaras aquí.

–Me apetecía más el vino. Intento evitar la cafeína después de las seis. Tú no te pareces nada a ella, ¿sabes?

Kate se puso rígida. Entró en la cocina con el mismo entusiasmo que si entrara en la guarida de un león. Era su casa y era su cocina, pero él parecía dominarla con su presencia y le hacía sentir como si necesitara permiso para abrir el frigorífico.

–No sé de qué me hablas –dijo. Se sirvió un vaso de vino y se sentó enfrente de él–. Y prefiero no entrar en eso.

–¿En qué, si no sabes de lo que te hablo? –él se levantó, abrió el frigorífico y miró en su interior–. Veo que comes sano –llevó la botella de vino a la mesa y se sirvió otro vaso–. Aunque la caja de bombones es indicación de una naturaleza más... decadente.

–Voy a buscar la carpeta de George.

–Pero volviendo a lo que he dicho –los ojos oscuros de él estaban pensativos, serios–, no te pareces nada a tu madre. He visto algunas de las fotos enmarcadas de tu sala de estar.

–No deberías haber venido aquí y no deberías haber curioseado –Kate tenía la sensación de que su mundo empezaba a desviarse de su eje–. Y yo no debería haberte contado nada de eso.

–¿Por qué? ¿Es algo malo confiarse a otras personas?

–¿Lo haces tú? ¿Vas por ahí contándole tu vida a la gente? ¿Los tomas de la mano y lloras bebiendo vino mientras les desnudas tu alma?

Aquello era lo que se sentía al perder el control. Ella siempre lo había tenido y en esos momentos lo perdía con un hombre que tenía el poder de acabar con la carrera que con tanto esmero había construido ella.

Y lo peor de todo era que no quería retirar la acusación.

Era consciente de la proximidad de él con todos los poros de su ser. Él la abrumaba. Cuando respiraba, tenía la sensación de inhalar su aroma limpio y viril. Cuando se inclinó hacia delante, sintió la personalidad de él envolviéndola como zarcillos de hiedra.

Se sentía... viva. Pero viva de un modo muy irritante.

–Al menos, no te estás disculpando por hacer esa pregunta tan osada –gruñó él.

Kate se había cambiado los pantalones cortos y la camiseta de tirantes, pero los vaqueros y la camiseta ancha no conseguían reducir su sex-appeal. Ahora que había visto el cuerpo de ella sin la ropa de camuflaje, la imagen había quedado en el cerebro de él con la fuerza de un hierro de marcar ganado.

–Y tienes razón. No suelo hablar de mi vida privada con las mujeres con las que salgo. No recuerdo haber llorado y contado mi vida últimamente –sonrió divertido–. En eso nos parecemos. Pero tú llevas tus defensas por fuera. Te cubres desde el cuello hasta el tobillo, pero eso no es necesario. Tú no eres tu madre. Quizá quieras cerciorarte de que no sigues sus pasos, pero para eso no tienes que vestirte como una institutriz solterona del siglo pasado.

–¿Cómo te atreves a venir aquí a analizarme?

–No intento analizarte –repuso él con gentileza–. ¿No te sientes un poco atrapada por todos los aros que te obligas a saltar tú misma?

–No me siento atrapada por nada. Esta es la vida que he elegido llevar. Tú no sabes lo que es sentirse... insegura cuando estás creciendo.

–¿Y eso cómo lo sabes? –preguntó él con suavidad.

Kate pensó en la pregunta. ¿Cómo lo sabía? ¿Por ser él quien era? Rico. Poderoso. Seguro de sí mismo. Arrogante. Todo eso eran señales de alguien que se había criado de un modo ejemplar. Además, era el único hijo de la unión de dos familias ricas. Eso se podía encontrar en Internet y Kate se lo había oído decir así a una de las chicas del departamento legal.

–Pero tenías razón cuando has dicho que estamos aquí para hablar de Cape –continuó él.

Por un momento, había sentido el impulso de ofrecer confidencia por confidencia. No sabía de dónde había surgido, pero no estaba dispuesto a ceder a ese impulso.

–Por supuesto. Voy a buscar la carpeta. He resumido todo lo que he encontrado. Creo que te será más fácil así que seguir el rastro paso a paso.

–Muy eficiente, y justo lo que esperaría de ti –sonrió–. Y antes de que te me eches encima, no estoy siendo sarcástico.

–No iba a decir que lo eras –mintió ella.

Mientras iba a buscar la carpeta, pensó que quizá él tenía razón en lo de la torre de marfil. No tanto en el escenario de la oficina, como en el de la vida. Quizá había vivido demasiado tiempo en el carril seguro. Quizá se había distanciado demasiado de los altibajos de tratar con la gente... con los hombres. Quizá por eso se comportaba así con él. Desobedeciendo el sentido común y flirteando con algo peligroso.

Flirteando con una atracción imposible.

Antes de entrar en la cocina, respiró hondo. Él seguía en el mismo sitio.

–¿Quieres café? –preguntó ella.

Alessandro enarcó las cejas.

–No, gracias. Ya te he dicho que no tomo cafeína después de las seis –declaró.

Tomó los papeles que le entregaba Kate y empezó a leer. No había mucho que leer, menos de lo que se esperaba.

–O sea que, en conjunto –dijo cuando terminó–, no lleva mucho tiempo con eso.

–Lo que yo creo que habla en su favor.

–En eso no estoy de acuerdo. El hecho es que ese hombre me ha robado.

–Puede que haya tenido un motivo.

–Pues claro que ha tenido un motivo. La codicia. Posiblemente vinculada a una deuda que tenía que pagar. Yo apuesto por una deuda de juego. A menos que tú hayas notado algo fuera de lo habitual. ¿Botellas de vodka en el cajón de su mesa, tal vez?

–No puedo imaginarme a George jugando –insistió Kate. Pensó si había notado algo extraño en los últimos seis meses y no consiguió recordar nada–. Y no es un alcohólico, si eso es lo que insinúas.

–¿Cómo lo sabes a menos que salgas con él fuera del trabajo de un modo habitual?

–Es un buen hombre.

–Que me ha robado más de cien mil libras esterlinas en un periodo de cinco meses. Aun así, tendrá la oportunidad de explicar su estatus que bordea la santidad a un tribunal de jurados imparciales y tú puedes ayudarle declarando como testigo de su carácter.

–A veces... –ella reprimió la frase que iba a decir y respiró hondo–. ¿No podrías oír al menos lo que tenga que decir antes de condenarlo?

¿Podía? En otras circunstancias, Alessandro no habría dudado sobre lo que debía hacer. No había excusas para el fraude. La vida estaba llena de gente que perdonaba la insensatez de otras personas, pero al final, los insensatos se merecían el castigo que recibían. Los inútiles se merecían su destino.

Miró el rostro hermoso y serio de ella. Era una mujer compleja, fascinante, poco convencional... Y todo eso a pesar de que anhelaba desesperadamente ser todo lo contrario.

Eso le gustaba.

¿Había algo de malo en eso?

En lo referente a las mujeres, siempre había podido conseguir lo que quería. Aquella mujer introducía un desafío a su hastiado apetito, ¿y qué tenía eso de malo? ¿Qué había de malo en querer explorar aquello un poco más?

–Podría –admitió–. Todo el mundo tiene su historia.

–Lo sé –ella sonrió y se inclinó hacia delante–. Tú crees que estoy loca, pero sé que George no es una mala persona. Es uno de los hombres más amables que he conocido en toda mi vida. Aunque... –se rio–, comparado con algunos de los hombres que he tenido la desgracia de conocer debido a mi madre, eso no es difícil. No porque ninguno fuera un peligro para mí –se apresuró a añadir–, pero sí me crie viendo de primera mano lo despreciables que pueden ser los hombres.

Le sonrió con timidez, encantada con que, a pesar de su apariencia, él no fuera tan implacable como ella creía.

–Me alegro mucho de que al menos estés dispuesto a escuchar lo que tenga que decir.

Alessandro sonrió a su vez.

–¿Y no sería mucho más justo si tuviera esta conversación con él cara a cara fuera de la oficina? Después de todo, lo último que quiero es que el mundo lo vea salir esposado.

–Por supuesto –asintió Kate–. Eso lo destruiría.

–Por eso vamos a volar a Canadá y hablar con él allí. Averiguar qué narices ha ocurrido. Lo sorprenderemos. Pero será una sorpresa mucho menos desagradable que si lo hacemos en la oficina, con todos esos ojos curiosos mirando a través del cristal, con la gente sacando conclusiones y cotilleando...

–Perdón. ¿Has dicho «vamos»?

–Por supuesto –él le sonrió ampliamente y ella lo miró intentando asimilar el mensaje que recibía–. Tú me has influido para que tomara una decisión que no habría tomado de otro modo. Es justo que estés allí cuando se hagan las preguntas. ¿No te parece?

–Bueno...

–Enhorabuena por hacerme cambiar de idea. Es algo poco habitual. Pediré a mi secretaria que reserve billetes para el lunes por la mañana. ¿Tienes tu pasaporte en orden? ¿Sí? Bien –la miró con satisfacción–. Entonces, está decidido.

Capítulo 4

CINCO días después, Alessandro la esperaba en el mostrador de facturación de primera clase del aeropuerto.

Kate lo vio desde un kilómetro de distancia. Destacaba entre la gente incluso en aquella terminal atestada, donde la gente corría con frenesí o hacía largas colas.

Él miraba su teléfono móvil con el ceño fruncido, apoyado en el mostrador con una sola bolsa de viaje de aspecto caro a sus pies. Kate llegaba más tarde de lo previsto y estaba nerviosa. El traje y los zapatos le resultaban tiesos e incómodos, poco apropiados para el calor de Londres y menos todavía para el de Canadá. Pero había decidido vestir de un modo profesional porque, después de todo, aquello no eran unas vacaciones.

Además, se había permitido perder su autocontrol y era importante que lo restableciera durante su estancia en Toronto en aquel viaje de negocios.

–Llegas tarde –dijo Alessandro. Cerró su teléfono y se enderezó.

–El tráfico. Lo siento. Habría llegado antes en metro. Pero ya estoy aquí y confío en no haberte hecho esperar mucho. ¿Has facturado ya?

–Te estaba esperando.

–¿Ese es todo tu equipaje? –preguntó ella con incredulidad.

Al lado de la bolsa de viaje de él, su maleta parecía del tamaño de una pequeña montaña, pero iban a estar fuera una semana y no sabía qué ropa llevar para qué ocasiones, así que había guardado un poco de todo.

Habían averiguado dónde se hospedaba George con su esposa sin hablar con él, porque Alessandro insistía en el factor sorpresa para no darle tiempo de empezar a inventar historias para justificar lo que había hecho.

Kate no había dicho nada. Pobre George. No sabía lo que le esperaba. Alessandro le había asegurado que estaba dispuesto a escuchar, pero ¿estaba dispuesto a perdonar?

–Me gusta viajar ligero de equipaje –dijo él. Miró la maleta de ella y a continuación estudió con calma la foto de su pasaporte–. Asumo que a ti no.

–No estaba segura de lo que debía llevar.

–¿Y has decidido llevártelo todo? ¿Incluido el fregadero de la cocina?

Kate se sonrojó. No dijo que podía contar con los dedos de una mano las veces que había salido del país. No era una experta en hacer equipajes. Aparte de hablar con George y arruinarle las vacaciones, visitarían una oportunidad de negocio en las afueras de la ciudad, que posiblemente era la razón por la que Alessandro había elegido hacer aquel viaje en primer lugar. Así que sí, ropa de trabajo. Pero no era factible llevar trajes también por las noches, ¿verdad?

Aunque no pensaba pasar ninguna en compañía de él. Ni una sola. Pondría unos límites claros y bien definidos. De nueve a cinco sería su empleada y después desaparecería y haría su vida.

Por eso había guardado también ropa informal. Vaqueros y camisetas anchas. La mujer de los pantalones cortos y la minúscula camiseta de tirantes no estaría presente en el viaje.

–Si necesito más ropa, siempre puedo comprarla allí –dijo Alessandro cuando se dirigían ya a la sala de primera clase–. Viajo mucho y puedo entrar y salir antes de los aeropuertos si no tengo que facturar equipaje.

–¿Por eso la bolsa de viaje?

–Sí. Y, cuando voy a Europa, llevo todavía menos.

–No puedo imaginarme nada más pequeño –Kate caminaba deprisa para no quedarse atrás, tirando de una maletita con ruedas que había llenado de material de lectura–. ¿Un billetero?

Alessandro soltó una risita.

–A veces, un billetero es todo lo que necesita un hombre. Puede llevar mucho más que billetes y tarjetas de crédito.

–¿Ah, sí? ¿Por ejemplo? –replicó ella, sarcástica–. ¿Un cambio de traje? ¿Unos calcetines?

Él soltó una carcajada. Se detuvo y la miró.

–¿Dónde te habías metido?

–¿Cómo dices? –preguntó ella confusa.

–La mujer ingeniosa y divertida de lengua afilada. ¿Dónde la tenías escondida? De haber sabido que existía, la habría buscado debajo del escritorio o detrás del perchero. O quizá en el archivador.

Kate se sonrojó y no pudo reprimir una sonrisa.

–Un billetero –murmuró él con ojos brillantes de malicia– puede llevar algo más importante que el dinero o las tarjetas de crédito.

–¿Qué?

–Dejaré que lo pienses –él sonrió y empujó las puertas de cristal que llevaban a la sala de primera clase.

Kate se detuvo al entrar. Aquello era increíble. Allí el ajetreo de la terminal del aeropuerto daba paso a... paz, tranquilidad, mostradores de cristal que crujían bajo el peso de la comida... hombres y mujeres atareados con sus ordenadores en sillones y sofás cómodos...

–¡Caray!

Alessandro, acostumbrado a todo aquello, tardó unos segundos en comprender la expresión de ella y sintió una extraña alegría por ser el que le facilitaba aquella experiencia.

–O sea, que así es como vive la otra mitad –musitó ella, impresionada–. ¿Y yo llamo la atención aquí?

Lo miró con ansiedad y él sonrió.

–No creo que haya un protocolo de cómo vestir –la tomó del brazo y entregó los pases de primera clase a la elegante mujer situada detrás de un mostrador curvo.

Pero sí lo había. El protocolo era llevar ropa cara. Sintió un súbito deseo de protegerla, que achacó a la reacción normal de un jefe que mira por su empleada. No toleraría que la insultaran, miraran o criticaran de ningún modo.

La llevó hasta un sofá largo y bajo y le preguntó qué deseaba tomar.

–Debo ser yo la que haga los honores –repuso ella–. Después de todo, tú eres mi jefe.

–Por supuesto –murmuró Alessandro–. ¿En qué estaría pensando?

¿Y qué si ella no encajaba del todo allí? De pronto sintió desprecio por todas las reglas no dictadas que guiaban el comportamiento de los muy ricos. Una larga serie de supermodelos lo había cegado a la realidad en la que vivían todos los demás. ¿Y acaso no sabía él que los ricos tenían sus defectos?

Frunció el ceño. Él procedía de una familia rica y había conocido de primera mano las ventajas y desventajas de serlo, había experimentado la fragilidad de lo que se podía fácilmente dar por sentado. Se sentía seguro con su fortuna personal, pero ya no miraba el estilo de vida de los que no eran ricos y privilegiados.

Estaba acostumbrado a aquella estratosfera porque era la que habitaban todos sus conocidos, incluidas las mujeres con las que salía. Aunque había que decir que el pasaporte de estas para entrar en esa vida les había llegado por su belleza.

Kate volvió a los cinco minutos con dos platos con distintos alimentos, desde pequeños sándwiches hasta pastelitos de nata y galletas.

–Sé que no es elegante tomar un poco de todo lo que hay, pero no he podido resistirme –dijo.

–No tienes que justificarte conmigo. Toma lo que quieras. Para eso está ahí. Apuesto a que la mitad de los presentes quieren hacer lo mismo, pero no lo hacen porque les parece poco elegante.

Kate suspiró.

–Estoy hambrienta.

–Podemos pedir un desayuno completo, si quieres.

–No es necesario. Esto está bien. Pero gracias por la oferta –empezó a comer, pero notó que él apenas probaba su plato–. Puedes trabajar si quieres –le dijo–. No quiero que pienses que tienes que entretenerme.

–No lo pienso.

Ella miró su comida.

–¿Cómo piensas hablar con George? –preguntó–. ¿Le vas a presentar las pruebas delante de su esposa?

–No lo he pensado todavía.

–No quiero que piense que he sido yo la que ha instigado todo esto –confesó ella–. Aunque, si aparezco a tu lado, eso será lo primero que piense.

–¿Por qué te importa eso? –Alessandro se encogió de hombros con indiferencia.

–Porque a algunos nos importa lo que piensan los demás de nosotros.

–¿Por qué? ¿Vas a volver a verlos a su familia o a él?

–No se trata de eso –ella lo miró con curiosidad–. ¿Cómo puedes ser tan frío y distante?

–Créeme. Ninguna mujer ha usado nunca las palabras «frío» y «distante» para describirme.

Sonrió y, de pronto, Kate supo a qué se refería cuando decía que un billetero podía contener cosas más importantes que dinero y tarjetas de crédito.

Hablaba de preservativos.

Un hombre que podía tener a todas las mujeres que quisiera siempre tenía que estar preparado.

–Pues ahora hay una mujer que las usa –repuso ella con frialdad–. Cuando hayamos hablado con el pobre George en su habitación del hotel y tú lo hayas despedido de tu empresa, ¿podrás lavarte las manos y alejarte sin volver a pensar en él? Porque, si puedes, eres frío y distante y da igual la cantidad de fans tuyas que te digan lo contrario.

Alessandro no le habría aceptado aquello a ninguna otra mujer. Tenía sus reglas y sus límites y esos nunca se cruzaban. De hecho, ni siquiera tenía que establecerlos. Eran unos límites no escritos y siempre se respetaban.

Kate Watson elegía no respetarlos y su desobediencia le producía curiosidad y no sabía por qué. Quizá por la dicotomía entre lo que luchaba por ocultar y lo que se veía inclinada a revelar en contra de su voluntad.

Aunque no tuvieran una relación en el plano personal, había algo en ella que suscitaba su interés.

–Supongo que ahora me vas a recordar que no me corresponde juzgar lo que hagas –murmuró ella.

–Vamos a estar una semana juntos. Si tienes algo que decir, será mejor que lo hagas. No creo que pueda soportar tu constante desaprobación. Y me imagino que esos labios apretados indican que me desapruebas.

–No... por supuesto que no.

–Por supuesto que sí. Tienes opiniones sobre el tipo de persona que soy y no me admiras en absoluto. Eso has decidido dejárselo a mis fans.

Kate se sonrojó. «Labios apretados». Ella era una mujer que fruncía los labios con desaprobación y llevaba trajes estirados. Él era divertido. Y ella la institutriz que siempre le aguaba la fiesta.

–Admiro mucho tu agudeza en los negocios –repuso con rigidez–. Dicen que todo lo que tocas se convierte en oro. Eso es un logro. Un logro importante. Y no tengo que ser miembro de tu club de fans para apreciar ese talento.

–Pero, cuando se trata de cosas no relacionadas con el trabajo, tu nivel de admiración cae en picado, ¿no es así?

Ella apartó la mirada y él apreció en silencio la delicadeza de su perfil. Tuvo un impulso repentino de soltarle el largo pelo castaño.

–Supongo que tengo patrones distintos a los tuyos cuando se trata de relaciones –dijo ella, cuando el silencio amenazaba con abrumarla. No lo miraba, pero sentía los ojos de él clavados en su rostro.

¿A qué venía aquello? A él no le importaba nada lo que pensara ella de su vida personal. Quizá estaba irritado porque ella era más directa de lo que estaba acostumbrado, pero su franqueza probablemente lo divertía.

Ella le ofrecía algo que sabía distinto. ¿Por qué no probarlo?

–Y dime cuáles son esos patrones –pidió él.

Kate se giró a mirarlo y descubrió que se inclinaba hacia ella, demasiado cerca para su comodidad. Se apartó, furiosa consigo misma por sentirse incómoda en su presencia, por dejarse afectar por él.

–No te vas a callar ahora, después de haber llegado tan lejos, ¿verdad? –preguntó él.

Atrapada en su propia insensatez, ella intentó pensar en un modo de cambiar la conversación, pero él esperaba que dijera algo. Y no un comentario sobre el tiempo precisamente.

–No me gustan los hombres que... utilizan a las mujeres. Quizá esa sea la palabra equivocada –se apresuró a corregir–, quiero decir que no apruebo a los hombres que entran y salen en relaciones, probando a ver si son de su talla y descartando rápidamente las que no les sirven.

–¿Y a las mujeres que prueban la talla de los hombres?

–Eso no ocurre.

–¿No? –él enarcó las cejas con aire interrogante–. ¿Has tenido novio alguna vez?

–Por supuesto que sí –repuso ella con calor–. Y no sé qué tiene que ver eso.

–¿Dónde está ahora?

–¿Cómo dices?

–¿Dónde está ahora esa maravilla de hombre?

–Se terminó.

–Ah –Alessandro se echó hacia atrás en el sofá y enlazó las manos sobre el regazo–. ¿O sea que no funcionó?

–No.

–¿Fue porque te utilizó sin piedad y luego te arrojó al montón de desechos?

–No –repuso ella acalorada.

–¿Y qué pasó? –el tono de voz de él había cambiado porque había descubierto que sentía curiosidad por aquel misterioso hombre que no la había arrojado al montón de desechos–. Y no se te ocurra decirme que no es asunto mío. No tienes problemas para decir lo que piensas, así que puedes contestar también a algunas preguntas.

–Rompimos –ella se encogió de hombros y apartó la vista del agresivo rostro de él–. No era el momento apropiado –admitió–. Yo estaba muy ocupada, no tenía tiempo para cultivar la relación como había que hacerlo.

–Ah. ¿O sea, que fue una despedida amigable?

Kate habría pensado en otras palabras para describir la inevitable ruptura. Y «amigable» no entraba en la lista.

–Tú pareces tener la impresión de que todas las relaciones que no terminan en boda son relaciones en las que una persona utiliza a la otra –dijo él con suavidad–. Pero la vida no es así. Quizá fuera así para tu madre, pero ella tenía un cierto tipo de personalidad. Es posible, y yo no soy ningún experto en esto, que tu madre buscara algo y el único modo de conducir su búsqueda fuera ofrecer lo que tenía y confiar en que la eligiera el hombre apropiado.

–Tienes razón. Tú no conoces a mi madre.

–Quizá tu madre era básicamente insegura –prosiguió él sin piedad–. Pero eso no significa que todo el mundo sea como ella. Ella no es el punto de referencia.

–Nunca he dicho que lo fuera.

–¿No?

–No debería haberte dicho nada –musitó ella con resentimiento–. Es horrible que le digas algo a alguien y luego lo use contra ti para juzgarte.

Pero ¿tenía él razón? Kate no quería admitir que la tuviera, pero su conciencia se empeñaba en considerarlo. Él la había privado de su enfoque de blanco o negro y ella no quería eso. Era más fácil seguir un rumbo cuando no se distraía con zonas grises y preguntas turbias.

–No se trata del resultado –murmuró–. Sino de la intención.

–Explícate.

–No quiero tener esta conversación. Vamos a ver cuándo tenemos que embarcar.

–Nos llamarán. Relájate.

Estaba tan tensa como un arco, con el cuerpo rígido. ¡Cuántas emociones ocultaba aquel exterior severo! Él extendió el brazo y le rozó la suave piel de la parte interior de la muñeca y ella se tensó.

Y se tensó él.

Fue algo eléctrico. Inesperado. Una carga de alto voltaje que pasó entre ellos de pronto.

Alessandro apartó la mano con rapidez.

–Tú empiezas conversaciones y, cuando no te gusta por dónde van, retrocedes asustada. ¿Nunca te enseñaron a terminar lo que empiezas? –dijo con frialdad.

Ya no bromeaba. Una cosa era mirar y especular y otra lo que había sentido al tocarla.

Por un par de segundos, había perdido el control ante una reacción que no se esperaba. La curiosidad había alimentado su libido, pero en ese momento sentía algo tan potente como una carga de profundidad. El shock de lo inesperado lo puso en alerta. La idea de llevarse a una mujer a la cama le pareció, por una vez, una aventura peligrosa que no debía correr.

–Está bien –Kate se frotó a escondidas la muñeca donde la había tocado él–. Si de verdad quieres saberlo, hay una diferencia entre empezar una relación con la esperanza de que llegue a algo y empezar una relación sabiendo que luego dejarás dolido al otro cuando decidas que es hora de pasar a otra cosa.

–¿Y yo hago lo segundo?

Ella se encogió de hombros y él la miró con frialdad. Kate pensó que no era el tipo de hombre que toleraría comentarios personales sobre sus elecciones éticas. Y, sin embargo, allí estaba, esperando que ella dijera algo. Si no le interesaran sus opiniones, no le daría aquella libertad. ¿O sí?

–Creo que... A mí no me toca decir eso...

–Es fácil hacer conjeturas, ¿verdad? –preguntó él con suavidad–. Tú me criticas por hacerlas basándome en cómo te ha influenciado tu entorno, pero ahora las haces tú. Eso es un poco hipócrita, ¿no te parece?

Siguió un silencio.

–Si tú no puedes aceptar lo que te dicen, ¿crees que está bien que des tu opinión sobre cómo te imaginas que es mi vida personal? Es una calle de dos direcciones.

Pasó una chica retirando vasos vacíos y Alessandro le pidió una taza de café solo, sin apartar en ningún momento la vista del rostro sonrojado de Kate.

–Pero me alegro de que hayas sacado el tema –continuó–, porque, como ya te he dicho, no necesito una semana de desaprobación silenciosa.

–No hacía falta que yo viniera –murmuró Kate.

–Pero estás aquí. Y sí tenías que venir. Tenías que venir porque te lo pedí yo. Así que, ahora que estamos aquí conversando agradablemente, permíteme que te aclare algunas cosas. Yo no tomo mujeres y las dejo después de haberlas engañado. No hago promesas que no piense cumplir para que me den sexo.

Kate miró al suelo con terquedad. Deseaba que se abriera y la tragara. La estaban riñendo como a una niña que se hubiera portado mal en el colegio.

–Créeme, yo no necesito hacer eso.

Le llevaron el café y Kate notó que la chica le hizo una media reverencia y lo miró con ojos desorbitados. Tal vez no tuviera un estatus de realeza, pero casi lo trataban como si lo tuviera.

–¿Y no dejas corazones rotos por el camino? –preguntó para llenar el silencio.

Él la miró pensativo.

–Puede que sí –musitó–. Pero no por culpa mía.

Kate abrió la boca, pero no dijo nada. Él debió de adivinar lo que pensaba, pero en esa ocasión se relajó y tomó un sorbo de café.

–No quiero compromiso y nunca finjo quererlo –dijo. Y ella reprimió la réplica que tenía en la punta de la lengua–. Pongo las cartas sobre la mesa desde el principio.

–¿Y cuáles son esas cartas?

–Nada de ataduras. Les digo desde el principio que solo busco diversión. Les doy la oportunidad de alejarse. Nada de dormir juntos toda la noche ni de veladas hogareñas delante de la tele ni de artículos de baño.

–Esas son muchas reglas –musitó Kate–. ¿Y qué ocurre luego?

–¿A qué te refieres?

–¿Y si se violan esas reglas? ¿Y si una de tus citas decide que prefiere quedarse en casa a salir? Pero no. Supongo que las supermodelos adoran las cámaras, ¿y por qué iban a querer quedarse en casa?

Alessandro sonrió.

–Mis reglas no se rompen –murmuró–. Y, si ocurre, ese es el fin de la relación. Y ahora que hemos aclarado eso... –se inclinó para abrir su ordenador portátil, que estaba en la mesa delante de ellos.

Kate pensó que, una vez aclarado eso, las despedía a sus opiniones y a ella.

Capítulo 5

NO FUE el viaje más relajante de su vida, aunque debería haberlo sido. El servicio de primera clase era impecable. Kate tenía espacio de sobra para extender las piernas, el asiento se podía transformar en cama, había champán y vino y la comida era excelente.

Pero no debería haberse puesto un traje. Los zapatos pudo quitárselos, pero la chaqueta era muy incómoda. Le dieron un chándal gris en una bolsa esterilizada, pero no se decidió a ponérselo.

El único punto bueno fue que Alessandro trabajó o dormitó y ella solo tuvo que pensar en la terrible semana que tenía por delante.

–¿Ha sido un buen vuelo? –preguntó él cuando se preparaban ya para desembarcar–. ¿Por qué no te has puesto la ropa cómoda que te dieron?

–He tenido un vuelo estupendo –repuso ella con serenidad–. Ha sido relajante. He leído, he visto un par de películas y he dormitado. Y estoy muy cómoda con mi ropa.

Él, por su parte, parecía estar fresco como una rosa y preparado para lo que los esperara en Toronto.

Ella no se atrevía a mirarse la falda, que estaría

muy arrugada, a juego con la camisa. Pero sonrió ampliamente.

–Es mejor que viajar en la clase del ganado –musitó–. Supongo que debería aprovecharlo al máximo. No creo que se repita pronto.

–Apuntas demasiado bajo.

Alessandro la miró cuando empezaban a desembarcar. Su moño desobedecía órdenes y se estaba rebelando. Se habían soltado unos mechones y ella había intentado volver a colocarlos sin mucho éxito. Su aspecto era el de alguien que hubiera viajado preparada para pasar del avión a una reunión de negocios, pero se hubiera visto arrastrada a través de un seto por el camino.

–Me gusta apuntar a lo que puedo lograr razonablemente –respondió ella. Pasó al lado de él y salió al calor del verano.

–Repito –dijo él, detrás de ella–. Apuntas demasiado bajo. Los logros razonables son para los no aventureros.

–Esa soy yo –repuso ella cortante. Y él soltó una risita.

Kate no sabía lo que podía esperar de Toronto, pues nunca había viajado más lejos de Ibiza, pero lo que fuese a pasar iba a ser con estilo, pues fuera de la terminal había una limusina esperándolos.

Alessandro la tomó por el codo y la guio hacia el vehículo.

–¿Este es otro de esos momentos que te impresionan? –preguntó.

–Es solo un automóvil –respondió ella–. No estoy impresionada porque no veo la razón de que tenga que ser tan grande. No puedes ir al supermercado con él, ¿verdad?

–Tienes razón. Pero puedes servirte un whisky en el bar. ¿Te apetece una copa?

Ella negó con la cabeza. Lo último que necesitaba era relajarse hasta el punto de meterse en otra conversación peligrosa con él.

Miró por la ventanilla, muy consciente del cuerpo de él a su lado, con las largas piernas estiradas.

–¿Has estado aquí antes? –preguntó ella, con el cuerpo apretado contra la puerta.

–Si hubieras prestado atención a los informes de la compañía que vamos a investigar, habrías visto que estuve aquí hace menos de seis meses. No me digas que no has leído esa carpeta. Me decepcionarás terriblemente.

Kate carraspeó.

–Te gusta pincharme, ¿verdad?

–¿Eso es lo que hago? Creía que te estaba haciendo un cumplido. Eres tan profesional que esperaba que hubieras memorizado esa carpeta de principio a fin.

–La ojeé. No sabía que fuera a participar activamente en esa adquisición.

–¿Por qué no ibas a hacerlo?

–Porque es bastante grande y pensaba que le darías ese trabajo a alguien situado más arriba que yo.

–No veo cómo sería posible eso –musitó él– con George empaquetando sus cosas para marcharse. Tú dijiste que eras ambiciosa.

–Y lo soy.

–Cierto. Tienes que adquirir seguridad económica para protegerte porque no la tuviste de pequeña.

–Quiero ascender en la vida –replicó ella entre dientes.

–El trabajo que hiciste la semana pasada con los papeles que te di... buen trabajo.

Kate se sonrojó de placer.

–¿Lo dices en serio?

–Comprendo por qué Cape decidió ascenderte deprisa. Aunque también creo que estaba ocupado desviando su atención a otro lugar y le ayudó que fueras tan rápida. Tú podías captar los fallos –sonrió–. Y antes de que te lances a defender al pobre George, tengo una proposición para ti.

–¿Cuál?

–En lugar de buscarle un sustituto externo a Cape, estoy pensando en ascenderte a ti. Por supuesto, no estás cualificada para el puesto vacante de Cape, pero subirás un par de escalones en la escalera de las carreras. Llevarás cuentas más importantes y, para aliviar cualquier mala sensación que pueda tener la gente con la que trabajas, reorganizaré al equipo. Habrá una mayor distribución de tareas más responsables y contrataré a unos pocos en los escalones más bajos para ir entrenándolos. Tu equipo y tú os beneficiaréis...

–No podría –Kate se sentía culpable–. El pobre George se encuentra sin trabajo y, para colmo, yo ocupo su puesto. Me sentiría como si bailara sobre su tumba.

Alessandro frunció el ceño.

–Eres muy melodramática. Nadie baila sobre ninguna tumba. Su marcha dejará un puesto libre. Es lo más razonable.

–Será razonable, pero eso no hace que sea correcto.

–Si él se va, o contrato a alguien de fuera, con todo lo que supone formar a alguien nuevo, o asciendo a gente de la empresa y tú eres la elección más obvia. ¿Quieres seguridad económica? Esto te hará subir un par de peldaños en la escala de la seguridad.

–Este asunto no es tan blanco o negro.

–Muy bien. Puedes perderte en los grises, pero para mí es bastante blanco o negro. Más aún, ¿vas a negar a tus colegas una oportunidad de oro de avanzar en sus carreras porque te preocupa tanto un hombre al que parece que no le ha importado defraudar a una empresa que lo ha tratado muy bien durante muchos años?

–Tú podrías hacer algo por ellos sin que yo entrara en la ecuación.

–No hay trato. O aceptas el paquete completo o lo rechazas. Es así de sencillo. Piénsalo.

–Yo... –¿podía negar a las personas con las que trabajaba la oportunidad de conseguir aumentos de sueldo o de avanzar en sus carreras?

–Por supuesto, eso no tendría un efecto inmediato –dijo Alessandro, que la observaba con atención–. Habría un traspaso lento de responsabilidades y, cuando esté seguro de que puedes con el aumento de trabajo, te daremos un título nuevo y un aumento que refleje todo eso. De lo que se trata aquí es de que tengo fe en tus habilidades, no de clavarle un puñal en la espalda a nadie. Si alguien ha dado puñaladas ha sido Cape. Él cavó su propia tumba en el momento en el que decidió empezar a desfalcar.

–Me complace que tengas fe en mis habilidades –Kate suspiró–. Pero no sabemos lo que pasará con George. Todavía no hemos oído lo que tiene que decir.

–No es imprescindible –repuso él con gentileza–. Podría fingir que me importan sus explicaciones, pero para mí un robo es un robo. Mi única preocupación es cómo será correspondido por sus faltas.

–Entonces, ¿este viaje es inútil?

–Este viaje es para que aprendas a bandeártelas con situaciones incómodas. No hay lugar para zonas grises o indecisiones. Y ya aceptes el ascenso que te ofrezco o permitas que tu culpabilidad se imponga a tu sentido común, deberías saber una cosa. Cuanto más alto subas en la escala, más importante es que sepas hacer eso.

–En otras palabras, ¿tengo que volverme tan despiadada como... como...?

–¿Como yo?

–Supongo que creo que hay otros modos de... de...

–No los hay.

–Eres muy duro.

–La vida tiene un modo curioso de moldear nuestras respuestas.

Kate lo miró y se preguntó qué quería decir con eso. ¿Había factores en su vida que le habían hecho ser como era? Era muy rico, muy poderoso y muy atractivo. Y, sin embargo, pasaba de una mujer a otra sin ninguna intención de echar raíces. ¿Por qué?

–Por supuesto –prosiguió él–, antes de que aceptes tu nuevo ascenso, y sé que lo harás porque lo contrario sería estúpido y tú no eres estúpida, hay algo que debo preguntarte.

–¿Qué?

–¿Cómo crees que serás de responsable en el nuevo papel? Parece que no te importa trabajar horas extra, pero ¿y si recibes más responsabilidades y las horas extra dejan de ser por elección y se convierten en una necesidad? No, no contestes, pero piensa en ello y lo hablaremos durante la cena.

–¿La cena?

–Es lo único que podemos hacer con lo que queda del día –a Alessandro le molestó la expresión horrorizada que mostraba el rostro de ella–. Los dos tenemos que comer –dijo con frialdad.

–Sí, pero yo había pensado tomar algo en mi habitación y acostarme temprano. Ha sido un día agotador.

–Pues tendrás que cambiar de planes.

–Por supuesto.

–Y me imagino que no te habrás traído solo trajes almidonados.

–¿Qué importa eso?

–No es una cena de trabajo. Puedes relajarte unos segundos en mi compañía, Kate.

Ella creía que ya lo había hecho, y no había sido una buena idea.

–Sí...

–Podrías decirlo más convencida –le espetó él con irritación–. Ya hemos llegado.

Ella no se había dado cuenta de que la limusina

había frenado. Miró a su alrededor y vio una ciudad como cualquier otra, aunque parecía más pacífica y menos frenética que Londres. El hotel al que se acercaban tenía una fachada imponente con porteros esperando para hacerse cargo del equipaje de los visitantes ricos, para que estos no hicieran nada por sí mismos si podía evitarse.

El vestíbulo estaba lleno de gente que iba y venía. Kate se sintió fuera de lugar con su traje arrugado. Hasta los más jóvenes, que llevaban vaqueros y camisetas, se las arreglaban para vestir con estilo informal pero de diseño.

La joven se alegró cuando caminaron hacia los ascensores. Sería un alivio estar a solas en su habitación.

Pero no fue alivio lo que sintió cuando les mostraron la misma puerta, que, una vez abierta, reveló una suite enorme. Kate la miró horrorizada.

–¿Qué es esto? –permaneció en el umbral, de donde se movió solo para dejar entrar al mozo y se quedó mirando hasta que este se alejó y en la habitación quedaron solo Alessandro y ella.

Alessandro miró a su alrededor, como si notara por primera vez la suite. Pensó que las reacciones de ella eran muy predecibles. Consternación por la perspectiva de estar en su compañía, horror por imaginarse cenando con él y finalmente tensión al pensar que aquella amplia suite podía ser un modo de compartir habitación.

¿Era de extrañar que no pudiera evitar provocarla?

Sobre todo cuando, como en aquel momento, el

color de sus mejillas resultaba tan increíblemente atrayente. Tanto como su boca medio abierta, sus ojos llameantes y el modo en que se humedecía los labios con la punta de la lengua.

–Es una habitación, Kate –dijo él con la voz paciente de alguien que explicaba algo obvio–. Los hoteles tienen muchas. Es imprescindible para atraer huéspedes potenciales.

–Ja, ja –ella no se movió.

Alessandro decidió compadecerse de ella.

–No hay por qué asustarse. Aquí es donde me quedo yo –dijo. Y notó que ella se relajaba visiblemente–. Le pedí a mi secretaria que reservara dos habitaciones contiguas porque pensé que sería lo más conveniente si el negocio prospera y acabamos trabajando hasta tarde. Hasta que no leí la confirmación, no vi que habían seguido mis instrucciones demasiado al pie de la letra.

Caminó hasta una puerta que ella no había visto y la abrió.

–Tú estás ahí. En realidad, si hubieras mirado en el dormitorio, habrías visto que tu maleta no estaba a la vista y te habrías ahorrado el mal rato.

–No ha sido un mal rato. Solo sentía curiosidad por cómo...

–Puedes tener tus opiniones sobre mis relaciones con las mujeres –dijo él con voz dura y fría–, pero no comparto habitación con una de mis empleadas en viaje de trabajo.

Kate se acercó a la puerta y miró una suite que era casi tan grande como la primera.

–Y antes de que lo preguntes, sí, hay cerradura

en la puerta de conexión, así que estarás segura por si intento entrar dormido en tu dormitorio.

Su voz no dejaba dudas de que eso era lo último que pensaba hacer. Había una risa oculta en esa voz y Kate se ruborizó. Si le costaba disociar al hombre que pagaba su sueldo del hombre que era puro sexo con patas, sin duda se debía solo a su imaginación hiperactiva.

–En ese caso, creo que iré a bañarme –dijo con rigidez–. Creo que sería mejor continuar la conversación sobre mi trabajo por la mañana, cuando estaré más despejada.

–No son ni las siete y media de la tarde –repuso él con sequedad–. Creo que estamos lo bastante despejados para concentrarnos. Y por la mañana empezaremos a buscar a nuestro aventurero ladrón –miró su Rolex–. Puedo venir a recogerte en una hora o podemos encontrarnos abajo en el bar. ¿Qué prefieres?

–Abajo –murmuró Kate.

–De acuerdo. En una hora –él sonrió–. Ahora te puedes escabullir al baño.

«Escabullir» era una palabra horrible, era lo que hacían criaturas asustadizas para huir del peligro. Y aunque Alessandro podía clasificarse fácilmente como una especie peligrosa, ella nunca se había considerado una criatura asustadiza. Su infancia la había endurecido. Además de los trabajos de su madre y de sus fallos en el campo de la maternidad, Kate también había tenido que estar allí para ella cuando le rompían el corazón.

En aquel entorno, ser asustadiza era un lujo que no se había podido permitir.

Pero ¿Alessandro la veía así? ¿Y eso no influiría a la hora de sellar el trato del ascenso? ¿Quién quería que una criatura asustadiza llevara cuentas y clientes importantes?

Toda la ropa que había llevado entraba en la categoría de «asustadiza». Era ropa que quería que transmitiera el mensaje de que era una mujer profesional en viaje de trabajo. Había llevado unas cuantas prendas menos formales para las veladas que pensaba pasar sola, descubriendo la ciudad a su ritmo y sin la compañía de su jefe, lo cual no parecía ya muy posible.

Se relajó un buen rato en el baño y después optó, con un suspiro, por una variación del eterno traje de chaqueta. La falda de color azul marino le llegaba hasta la rodilla, pero en lugar de una camisa blanca, eligió una blusa roja. Y después de cierta vacilación, decidió eliminar el moño.

Le costó un rato encontrar el bar. El hotel era enorme, con muchas tiendas y restaurantes. Al final lo encontró en el bar, tomando una copa de vino. Se había cambiado la ropa de viaje y llevaba unos pantalones color crema, una camisa clara abierta en el cuello y unos mocasines. Parecía muy cómodo, lo cual tuvo el efecto perverso de hacer que ella se sintiera muy fuera de lugar.

Había llevado su tableta, que colocó en la mesa antes de sentarse.

–¿Para qué es eso? –preguntó él. Le sirvió un vaso de vino antes de que ella pudiera decirle que no quería beber.

–He pensado que prefiero tomar notas ahí en lugar de en papel –contestó ella.

–Esto es una conversación informal. No estoy dictando términos y condiciones.

–Sí, ya lo sé, pero...

–No importa. Puedes tomar notas si quieres. He pensado que podríamos cenar aquí. Es menos formal que los restaurantes del hotel y nos ahorra la molestia de salir. A menos que tú prefieras explorar un poco la ciudad.

Kate negó con la cabeza. Él alzó la mano y enseguida se acercó un camarero al que Alessandro pidió la carta.

–Espero sinceramente que hayas traído otra ropa para mañana, Kate –dijo luego–. Aquí hace muchísimo calor en esta época.

–Estaré bien –repuso ella.

–¿Seguro? Porque, si has traído tus pantalones cortos, puedes ponértelos. Serían mucho más apropiados con este clima. La comida aquí es excelente –continuó cuando les entregaron las cartas–. Yo me hospedé aquí la última vez que vine a Toronto.

Estaban sentados en un bar en penumbra, con las rodillas prácticamente tocándose debajo de la mesa y vino frío delante de ellos. Kate apartó las rodillas a un lado y confió en que él no se diera cuenta.

–En el camino hacia aquí mencionaste que querías hablarme de algo en relación con este ascenso. Por eso he traído la tableta. Creo que podría tomar notas sobre las distintas responsabilidades que empezaré a asumir.

–Ah, veo que vamos a hablar de trabajo.

Kate se sonrojó. No le gustaba que aquella sencilla frase le hiciera parecer aburrida. Una mujer aburrida vestida con un semitraje.

–Buena idea. Tienes razón. Los dos necesitaremos dormir bien si mañana va a ser un día duro –prosiguió él.

Kate lo miró buscando ironía en su cara, pero él estaba serio.

Los dos pidieron algo ligero de la carta y ella tomó un trago de vino y lo miró, esperando que continuara la conversación. Alessandro se inclinó hacia ella y Kate se echó hacia atrás en la silla, llevándose el vino con ella.

–Antes te dije que me preocupaba que pudieras encontrar tedioso tener que trabajar muchas horas si eso se convertía en algo obligatorio. Y creo que deberíamos aclarar ese tema aquí y ahora, antes de seguir adelante.

–No hay nada que aclarar –repuso ella con brusquedad–. No tengo problema en trabajar muchas horas si es necesario. Comprendo perfectamente que eso forma parte de cualquier trabajo que entraña responsabilidades.

Alessandro se echó hacia atrás y apartó su silla de la mesa para poder cruzar las piernas. La miró pensativo.

–¿Y qué hay de tu vida personal? No me gustaría descubrir que te he ascendido y no estás a la altura del reto porque hay un hombre esperando que vuelvas a casa a prepararle la cena.

–Ese no será el caso –respondió ella con calor–. En primer lugar, no hay ningún hombre a la vista.

Y en segundo lugar, aunque lo hubiera, no creo que fuera el tipo de hombre que esperaría que le preparara la cena. De hecho, la razón por la que rompí con mi último novio... –cerró la boca y lo miró sorprendida.

Él le devolvió la mirada impertérrito.

–Ese tipo de hombres exigentes hay que evitarlos a toda costa –murmuró con suavidad–. ¿Asumo que el novio quería más de lo que podías darle y por eso tuvo que irse?

–Yo... estaba muy ocupada en ese momento –ella carraspeó e intentó recuperar la compostura perdida–. Así que no tienes que temer que mi mente no esté en el trabajo.

–Eso me alivia. Aunque supongo que él debió de ser una persona importante en tu vida, porque tú me dijiste que no creías en las relaciones transitorias.

–No funcionó –respondió Kate con firmeza, buscando frenéticamente una salida de la conversación–. No me regodeo en el pasado.

–Muy inteligente por tu parte. Aunque sí permites que influencie ciertos aspectos de tu vida. Por ejemplo, tu forma de vestir.

–Y ahora que hemos aclarado eso –repuso ella con calma, negándose a morder el anzuelo de la ropa–, quizá puedas decirme cómo piensas actuar mañana.

Capítulo 6

KATE pasó la noche intranquila, aunque había comprobado varias veces que la puerta de conexión estaba bien cerrada. No porque esperara que Alessandro entrara en su habitación, sino porque sabía que no tendría paz mental a menos que él fuera físicamente incapaz de hacerlo.

Aunque de todos modos no tuvo mucha paz mental.

Su cerebro bullía de pensamientos sobre el ascenso, sobre el pobre George y la sorpresa que le iban a dar a la mañana siguiente, sobre el modo en que se dejaba afectar por Alessandro...

Cuando ella había subido a la habitación, él había ido a uno de los salones del hotel a trabajar. Kate no sabía a qué hora habría vuelto, pero ella no había conseguido dormirse hasta después de medianoche.

Y, cuando sonó el despertador a las siete en punto, estaba cansada y con sueño.

Permaneció unos minutos tumbada, apreciando el esplendor que la rodeaba. La zona de dormir de la suite era el doble del tamaño del dormitorio de su apartamento. Una cama enorme de cuatro postes dominaba el espacio. Era una cama decadente y romántica, con cortinas de gasa, y a través de los titilantes velos de color crema se entreveían los armarios, los sillones para relajarse al lado de la ventana...

Más allá del dormitorio había una zona de estar exquisita, con sofás, una televisión de plasma oculta, un bar...

Era un hogar lejos del hogar, excepto que Kate no se sentía nada relajada al pensar en el día que la esperaba.

Alessandro tenía el nombre del hotel en el que se hospedaban George y su esposa. Un lugar algo apartado del centro de la ciudad. Cerrarían primero aquel tema y después dedicarían el resto del día a organizar reuniones con la compañía que su jefe quería comprar y otras dos a las que quizá quisiera echar un vistazo.

No habían fijado encuentros antes de su llegada, pero ella sabía que eso no importaría. Alessandro tenía tanta influencia que se le abrirían las puertas antes de que llamara a ellas.

–Pareces tensa –fue lo primero que le dijo él cuando ella se sentó a la mesa del restaurante donde iban a desayunar. Le indicó la zona del buffet, muy bien surtido, y le dijo que una taza de café fuerte y un buen desayuno la ayudarían a calmar los nervios.

–Estoy tensa porque lo que tenemos que hacer será desagradable –dijo Kate–, pero no estoy nerviosa –porque los nervios estaban íntimamente relacionados con ser asustadiza y no eran ventajas a la hora de ascender.

Alessandro pensó que, en cualquier caso, ella hacía lo imposible por calmar los nervios que afirmaba no tener vistiendo otro traje de chaqueta y con el cabello recogido en el moño habitual. Un modo de decir que estaba allí para hacer un trabajo y relajarse no formaba parte del programa.

–Me alivia oír eso –contestó.

Se preguntó si ella era consciente del desafío que presentaba con aquellos trajes. Quizá debería decirle que todas las prendas de ropa abotonadas hasta el cuello pedían a gritos que las desgarraran. Quizá podría incluir eso de pasada en la conversación. La blusa blanca de ella iba abrochada hasta el cuello.

–¿Insistes en llevarme contigo a tu reunión con George como una especie de prueba? –preguntó Kate.

Él enarcó las cejas.

–¿Te refieres a ver si pasas esa dura experiencia? Vamos a enfrentarnos a un delincuente. No te pido que vengas a la morgue a identificar un cuerpo. Pero, como te dije, es importante saber ser duro cuando la ocasión lo exige. Me sorprende que te estés obsesionando con el estrés de una situación que está bastante clara –añadió– cuando apartaste a tu último novio de tu vida porque no hacía lo que tú querías.

Llamó a uno de los camareros y pidió dos desayunos completos.

–Lo necesitarás –dijo–. Si después vamos a ver Wakeley's, no hay garantías de que vayamos a almorzar. Quizá tengamos que comer cualquier cosa por el camino. Creo que me ibas a explicar por qué esta situación te provoca sudores fríos cuando despedir al amor de tu vida en potencia no te...

–Yo no iba a explicar nada semejante.

–Disculpa. No sabía que el tema seguía siendo un problema para ti.

–No es ningún problema –Kate se sentía como una nadadora que luchaba contra corriente. ¿Por qué le había pedido un desayuno completo? Ella estaba perfectamente bien con fruta y un croissant. Y mejor todavía si podía alejarse de la presencia de él con el pretexto de elegir comida en la mesa del buffet.

–No tienes que explicar por qué prefieres no hablar de eso. Solo pretendía conversar un poco, Kate. No hay necesidad de ceder al pánico.

–No estoy cediendo al pánico –replicó ella entre dientes.

Él le dedicó una sonrisa amable que implicaba que no creía ni una palabra de lo que decía.

–¿Y por qué insistes en hacerme tantas preguntas personales? –preguntó ella, después de tomar un sorbo de café–. ¿Qué tienen que ver con mi trabajo?

–Ya te he dicho que solo estaba conversando. Si hubiera sabido que te molestaba tanto el tema de tu exnovio, no lo habría sacado, confía en mí.

Kate reprimió una carcajada histérica. ¿Confiar en él? Prefería confiar en un río lleno de pirañas hambrientas.

–Y en cuanto a hacerte muchas preguntas personales, me gusta saber algo de las personas que trabajan para mí, en especial de las que ocupan puestos de responsabilidad. Cosa que estoy seguro de que te ocurrirá a ti pronto, teniendo en cuenta tu talento. Me ayuda saber si están casados, si tienen una relación seria, si son padres... Así puedo adaptar lo más posible los requerimientos del trabajo a sus necesidades.

Alessandro nunca había pensado antes en eso, pero de pronto le parecía que tenía sentido. No tenía la menor intención de seguir esas reglas, pero que no se dijera que no era un hombre que no veía las cosas desde todos los ángulos.

Kate se dejó tranquilizar. Había exagerado su reacción. La ruptura con su ex no era ningún secreto de estado. ¿A quién le importaba?

–No funcionó –dijo–. Es así de sencillo. Y antes de que me digas que soy una hipócrita porque me tomo en serio la importancia de construir relaciones...

–¿Construir relaciones? ¿Qué es eso?

«Algo que mi madre nunca hizo», fue lo primero que se le ocurrió a ella, pero no lo dijo porque eso probaría lo mucho que le había influido el comportamiento de su madre.

Si miraba hacia atrás, a la relación con su exnovio, veía que se había construido sobre la esperanza, la esperanza de que él pudiera ser su compañero porque se llevaban bien y se compenetraban. Él estudiaba contabilidad igual que ella. Era un chico de fiar, con los pies firmemente plantados en el suelo. El tipo de chico que iba con ella.

–Es cuando dos personas se toman tiempo para construir los cimientos de un futuro juntos –dijo.

–Eso suena fascinante. ¿Cómo lo hacen?

Kate bajó la vista.

–Dudo de que entendieras el tipo de cimientos a los que me refiero –contestó. Miró el montón de comida que le habían puesto delante sin saber por dónde empezar. Pinchó un huevo con el tenedor y miró los gofres que había al lado–. Teniendo en cuenta que a ti no te gusta construir relaciones.

–Infórmame. Quiero ver lo que me estoy perdiendo.

Kate lo miró exasperada. Aquel hombre era imposible, aunque su sonrisa era tan encantadora que podía seducir a cualquier mujer. Se concentró en la comida.

–Sé que no lo dices en serio –replicó–, pero, por si de verdad te interesa, te lo diré. Construir relaciones es darse tiempo para conocer a la otra persona, para descubrir todo lo que puedas sobre ella, para abrirte a que te conozca ella a ti y para planear juntos un futuro basado en el amor, la amistad y el respeto.

–No me convences.

–No quiero convencerte –replicó ella, cortante.

–Y después de haber pasado tiempo en ese ejercicio de construcción de la relación, ¿en qué momento descubriste que faltaba el elemento diversión?

–Él era muy divertido.

No era verdad. Él había sido amable y fiable y todas esas cosas que ella creía que quería, pero también había resultado ser muy tradicional. Tanto que quería que la carrera de ella fuera secundaria, que ella hiciera lo que le pedía, que lo dejara todo porque el primero era él...

Sintió un ramalazo de autocompasión al darse cuenta de que probablemente nunca encontraría a nadie. Acabaría con una carrera maravillosa, pero sin amigos y, desde luego, sin una pareja que encendiera la barbacoa en el jardín.

Y nunca sabría lo que era divertirse porque siempre había sostenido que divertirse no era importante, que lo único importante en la vida era tener el control y no dejarse llevar por los sentimientos como había hecho su madre.

Pero en aquel momento, Shirley Watson estaba bastante satisfecha viviendo en Cornwall, a pesar de su escabroso pasado con sus empleos y con los hombres.

Kate luchó contra la repentina confusión que la envolvía como una niebla.

–Simplemente, no funcionó –dijo–. No era el momento adecuado. Pero eso no significa que yo no pusiera el corazón y el alma en la relación. Y no pienso decir nada más sobre el tema. No es importante. Y no siempre gira todo alrededor de la diversión.

Dijo aquello para intentar sofocar algunas de las dudas repentinas que la embargaban, oscuros pensamientos de que algunas de las opciones que había tomado en su vida quizá no hubieran sido acertadas, aunque las hubiera hecho con la intención correcta.

–Probablemente tienes razón –dijo él. Pero ella apenas lo oyó.

–Sé que, para algunas personas, la diversión gira alrededor del sexo, pero, por lo que a mí respecta, una relación es mucho más que sexo.

Lo miró desafiante, retándolo a discutir con ella, pero Alessandro no tenía intención de hacer nada semejante.

Nunca había tenido mucho interés por analizar a las mujeres o intentar adivinar sus profundidades ocultas, pero en aquel caso, podía ver el patrón de la vida de ella tan claramente como si lo llevara escrito en la frente con letras de neón.

Se había creado un código tan estricto que era prisionera de él. Seguramente no se había divertido mucho con su exnovio y quizá tampoco se divertía mucho con su trabajo estable y su brillante futuro. Su cabeza le decía lo que necesitaba, pero lo que necesitaba no era necesariamente lo que ella quería.

Y tuvo la impresión de que ella estaba analizando ese dilema por primera vez en su vida.

Porque él la había obligado a ello.

Por una parte, le había hecho un favor. Ella era tan estirada, tan tiesa, que se acabaría partiendo en dos con la más mínima brisa. La vida no era amable con los muy estirados. De eso estaba seguro. Siempre acababan sus vidas pensando en todas las cosas que se habían resistido a hacer.

Por otra parte, ella estaba visiblemente alterada y ese no era un buen modo de que un jefe alentara a su empleada a empezar el día.

–No te has terminado el desayuno –le dijo, señalándole el plato.

Ella sonrió, agradecida por el cambio de tema y por el descanso para sus pensamientos.

–Creo que nunca he tenido delante un desayuno tan abundante.

–Cuanto más grande, mejor. Creo que ese es el lema aquí. Mañana podemos limitarnos al buffet.

–No tenía mucho apetito –admitió ella–. Creo

que sí estoy nerviosa por lo que pueda deparar el día de hoy –sacó la tableta de su bolso–. He traído toda la información sobre George por si quieres sentarte a revisarla con él.

Alessandro no tenía intención de hacer tal cosa, pero le alivió que Kate volviera a ser ella misma, la profesional eficiente a juego con los trajes que siempre llevaba.

Aunque ese momento en el que había visto su vulnerabilidad se mezclaba con otros en los que había entrevisto a la mujer debajo de los trajes de chaqueta, una mujer extrañamente seductora, curiosamente atrayente.

Impaciente consigo mismo, dejó la servilleta al lado del plato, se levantó y firmó la cuenta.

–Vámonos –dijo. Sacó su teléfono móvil del bolsillo y marcó unos números–. He pedido un coche con chófer mientras estemos aquí. Es más conveniente que intentar encontrar un taxi cuando lo necesitemos.

–¿La limusina?

–No.

Kate lo siguió por el hotel y el centro comercial de diseño que lo rodeaba.

El hotel de George estaba a cuarenta minutos del suyo, a bastante distancia del centro de Toronto.

–Parece un poco raro buscar un hotel en las colinas cuando te gastas un montón de dinero en unas vacaciones en una ciudad, ¿no crees? –preguntó Alessandro.

Kate pensó en ello y asintió.

–Aunque algunas personas odian las ciudades.

–Y, entonces, ¿por qué ir a una de vacaciones?

–Quizá a su esposa le guste ir de compras –Kate sonrió–. Es lo que te decía de construir relaciones. Él odia las ciudades y las compras, a ella le gustan y van a un lugar intermedio.

–Yo no veo que él gane mucho.

–La próxima vez le toca a ella darle más de lo que él quiere.

–¿Por ejemplo?

Kate se encogió de hombros.

–No sé. Ir a pescar, alquilar una cabaña en Cotswolds y dar largos paseos, ir a Escocia a ver paisajes...

–Mi opinión es que esta pareja en concreto no están hechos el uno para el otro. Ella quiere ir de compras, él quiere congelarse viendo paisajes... Eso acabará en lágrimas, ya lo verás.

Kate se echó a reír. Y se rio con ganas.

Sus preocupaciones se evaporaron y sus ojos se encontraron con los de él. Sintió que aquel era un momento intenso, que habían compartido algo intangible, aunque no podía decir qué. ¿Humor? ¿Un modo de que los dos hubieran encontrado divertido lo mismo?

–Aquí puede tener más sentido –dijo él–. No tienes que alejarte mucho de la ciudad para empezar a ver paisajes increíbles.

Empezó a contarle la historia de la ciudad, le habló de su esplendor geográfico, de las mil y una vistas que la hacían tan especial.

Se preguntó qué demonios había ocurrido entre ellos. Había tenido la extrañísima sensación de pisar arenas movedizas, un lugar donde ya no estaba plenamente en control de la situación, sino a merced de reacciones y respuestas que iban contra sus rígidas reglas.

El hotel, cuando por fin llegaron, era un edificio humilde, con el aparcamiento delante y colocado entre un restaurante de comida rápida y una tienda que anunciaba suministros de oficina.

Kate notó que Alessandro estaba sorprendido, pero no dijo nada. Cruzaron la puerta giratoria y se dirigieron al mostrador de recepción, donde había una chica rubia de aspecto aburrido charlando por el móvil. Al verlos cerró el móvil y se enderezó.

–Los señores Cape. ¿Puede llamarlos? –pidió Alessandro–. Dígales que Alessandro Preda y Kate Watson los esperan en recepción.

La joven rubia miró a Kate con envidia.

–Los señores Cape no están –dijo–. Han salido esta mañana a las ocho en punto. Puedo dejarles un mensaje y pedirles que se pongan en contacto o pueden dejar una nota y yo se la daré cuando vuelvan.

–¿A qué hora será eso?

–A las seis en punto.

–No es normal que se puedan planear excursiones con tanta precisión –comentó Alessandro con sarcasmo.

La joven rubia lo miró sorprendida.

–¿Puedo preguntar si están emparentados con George y Karen?

Alessandro enarcó las cejas. ¿Tanto confraternizaban con la chica de recepción? Resultaba extraño.

Cierto que no era un hotel muy grande, pero aun así...

–Soy su jefe y quiero verlo por un asunto de trabajo.

–Eso me sorprende. ¿No le dijo...?

–¿Decir qué? –preguntó Kate con gentileza, viendo la confusión que expresaban los ojos de la recepcionista.

–Van al hospital todos los días. Suelen quedarse casi todo el día para poder estar con Gavin y Caroline.

–Caroline es su hija –Kate miró a Alessandro–. Y Gavin su yerno. Lo sé porque tiene una foto de familia en su mesa.

–Bien. El hospital. ¿Puede decirnos qué hospital es?

Llegaron al hospital en menos de una hora. Hicieron casi todo el viaje en silencio. Alessandro había recibido una información que no se esperaba y que había alterado la clara situación con la que pensaba que iba a enfrentarse.

A pesar de que George y su esposa habían elegido hospedarse en las afueras de la ciudad, el hospital estaba en el centro de Toronto. Kate supuso que, o bien se hospedaban allí por el precio o lo conocían de antes. O quizá necesitaban estar fuera del ajetreo de la ciudad para despejarse la mente al final del día.

Alessandro había buscado el hospital en Internet y sabían que era un centro para el tratamiento de niños enfermos.

–Esto no me lo esperaba –dijo él cuando se acercaban al edificio blanco–. Y tú no me acompañarás al hospital.

–Quizá deberíamos esperar a que vuelvan esta tarde al hotel. Y sí te acompañaré.

–No es una sugerencia, Kate. Es una orden.

–Y mi respuesta tampoco es una sugerencia, es una declaración de intenciones –ella suspiró–. Aprecio mucho a George y quiero que sepa que pueden contar conmigo sea cual sea el resultado de tu... conversación con él –miró el perfil de Alessandro. Sus hermosos ojos estaban velados.

Antes de abrir la puerta del automóvil, se volvió hacia ella.

–Terca.

–Puedo serlo –ella adelantó la barbilla con aire de desafío, pero él no discutió. Se encogió de hombros, salió del coche y esperó a que se reuniera con él.

–A veces, la terquedad puede ser algo bueno –musitó.

–¿Qué piensas hacer? –preguntó ella.

–No lo sé.

Entraron en el vestíbulo del hospital y, después de eso, todo pareció suceder muy deprisa. En menos de media hora sabían dónde podían localizar a George y una hora y media después, tiempo que habían pasado sentados en un restaurante muy moderno y agradable tomando café, con Alessandro trabajando en su Smartphone y Kate en su tableta, George se acercó a ellos.

Un George de aire resignado que obviamente había adivinado por qué estaban allí.

A Kate le dio un vuelco el corazón al verlo. Como

siempre, llevaba ropa de colores. A ella siempre le había hecho sonreír eso. Incluso cuando iba de traje, su camisa era siempre de un color alegre, la corbata con dibujos y sus pañuelos, chillones. Una vez le había dicho riéndose que su esposa elegía sus camisas, su hija sus pañuelos y sus nietos elegían sus calcetines y por eso nunca podía ir elegante.

–Sé por qué han venido –fueron sus primeras palabras cuando se sentó enfrente de ellos.

Miró a Alessandro con resignación.

–Sabía que me descubrirían. Esperaba poder empezar a devolver antes el dinero... Me gustaría decir «prestado», pero entiendo, señor Preda, que usted no lo verá así.

–Tú no sabes cómo lo veré yo, George. ¿Por qué no empiezas por el principio y me lo cuentas todo?

Cuando dieron el día por terminado, eran más de las seis. Kate se pasó una mano por el pelo con cansancio.

–Alessandro...

Él se detuvo de camino hacia el automóvil, donde los esperaba un chófer muy paciente que había estado a su disposición todo el día y probablemente estaba tan agotado como ella.

–¿Y bien? –dijo Alessandro–. Suéltalo ya.

–¿El qué?

–El comentario sobre mi lado blando. ¿Me he vuelto uno de esos tipos blandos que dan masajes en los pies a su pareja, le preparan un baño caliente y le hacen la cena?

–He visto un lado tuyo diferente.

–El mismo de siempre –repuso él con sequedad–. Lo que ocurre es que has elegido interpretarlo de un modo distinto. No tendría sentido procesar a George.

–Has hecho algo más que renunciar a procesarlo –señaló ella.

La nieta de George estaba enferma. George les había contado con lágrimas en los ojos la velocidad de la enfermedad de la pequeña Imogen y la consternación de la familia cuando se habían enterado de que el pronóstico en el Reino Unido no era favorable.

Habían mirado en Internet y habían encontrado un tratamiento revolucionario en Toronto. Pero el tratamiento tenía un precio y por eso George se había apropiado de un dinero que no le pertenecía. Porque había gastado todos sus ahorros para la vejez en las primeras consultas y el primer lote del tratamiento.

Alessandro no solo había escuchado a George y le había perdonado la deuda, sino que además se había hecho cargo de todo. Se había puesto en contacto con el banco, había abierto una cuenta para la hija de George y después había hablado con el hospital y les había asegurado que el tratamiento estaría cubierto costara lo que costara. También había asegurado a George que no tendría que pasar penurias en la vejez.

Alessandro Preda, un hombre duro en el mundo de las finanzas, un hombre que era despiadado en sus tratos en los negocios, había ido mucho más allá de lo que le exigía el deber.

–Cierto –asintió. Se hizo a un lado para que ella

entrara delante en el coche–. Y, por supuesto, él debería haber hablado conmigo antes de hacer lo que hizo –entró a su vez en el vehículo.

–Pero bien está lo que bien acaba –musitó ella–. Aunque no hemos ido a ver a tu cliente. ¿Eso sigue en la agenda para mañana?

–Dime que no te vas a poner ahora en plan profesional después del día que hemos tenido. Porque yo estoy demasiado cansado para empezar a pensar en hacer tratos.

–Por supuesto.

–Y me sorprende que a ti no te ocurra lo mismo.

–Me vendría bien un descanso.

–Espléndido. Porque esta noche saldremos a cenar y ver algo de la ciudad. Los dos podemos dejar los negocios fuera de nuestra mente un par de horas. ¿No te parece?

–¿Cenar? ¿Ver la ciudad? –preguntó ella, con la boca seca.

–O llámalo «descanso». Lo que prefieras. Y no llevarás un traje.

–Pero no he traído...

–Pues cómprate algo con la cuenta de la empresa. Tienes una cuenta de la empresa, ¿no?

–Sí, pero...

–Entonces, está decidido. Hoy ha sido un día lleno de sorpresas –murmuró él con una voz suave que asaltaba los sentidos de Kate como una caricia–. Te he sorprendido. Ahora te toca a ti sorprenderme. Ser algo más que una abejita eficiente y puritana. ¿Crees que podrás hacerlo o es mucho pedir?

Capítulo 7

ERA mucho pedir?

Si hubiera insistido solo en cenar e ignorado sus protestas, ella habría accedido de mala gana porque no habría tenido otro remedio. Y se habría puesto uno de sus trajes porque era de vital importancia mantener los límites entre ellos.

Pero la última pregunta la había irritado. ¿Acaso se imaginaba que era incapaz de soltarse el pelo? ¿Creía que no podía ser una joven normal? Le había mostrado un lado empático en sus tratos con George, pero eso no significaba que no siguiera siendo el hombre arrogante que tomaba lo que quería de las mujeres y las echaba de su lado cuando decidía que había llegado el momento de pasar a otra cosa.

Pero, si quería que fuera de compras a costa de la empresa, ¿por qué no? Toronto estaba lleno de tiendas maravillosas.

Todavía hacía calor fuera cuando optó por el Eaton Centre. No sabía lo que iba a comprar y no tardaría mucho. Odiaba ir de compras. Quizá porque a su madre le había encantado y porque solía decirle que vestía de una forma apagada y que nunca aprovechaba lo que le había dado la naturaleza.

Y Alessandro opinaba igual.

Kate sintió una oleada de rebelión y, recorriendo las tiendas, se dio cuenta de que, por primera vez en su vida, disfrutaba comprando.

No compraba ropa para proyectar la imagen que quería que viera el mundo, la compraba porque le gustaba cómo le quedaba. Compró dos vestidos, una falda que le llegaba hasta la mitad del muslo, tops y zapatos de tacón que no eran negros.

Aunque siguió evitando el rojo.

Se bañó con calma, se lavó el pelo y se lo dejó suelto, de modo que le cayera por la espalda en una cascada de ondas. Se puso un elegante vestido de color coral que se le pegaba un poco al cuerpo y unas sandalias de tacón alto.

Cuando se miró al espejo, el corazón le latió con fuerza porque aquella no era la Kate Watson que se había pasado la vida cultivando.

Era una joven que tenía una vida y era una vida excitante.

–Está bien –se dijo en el espejo–, las dos sabemos que eso es un poco exagerado, pero ¿qué hay de malo en tener una vida por una noche? Mamá, si pudieras verme ahora, estarías orgullosa.

En el calor del momento, se hizo un *selfie* y se lo envió a su madre y, minutos después, cuando iba al encuentro de Alessandro en el bar, sonrió por la respuesta de su madre, una serie de signos de exclamación y caras sonrientes.

Se habían citado en uno de los bares del hotel y Kate tardó unos minutos en localizar a Alessandro, que estaba sentado en la parte de atrás, semioculto por una multitud de jóvenes.

Algunos de ellos se volvieron a mirarla. Kate lo vio por el rabillo del ojo y disfrutó con ello mientras observaba a Alessandro.

Él alzó la vista y allí estaba ella. Por unos segundos, se le quedó la mente en blanco. Le había lanzado un desafío, vestirse como una mujer y no como un robot, pero había dudado de que recogiera el guante. Ni por un segundo había esperado...

Aquella visión.

La había visto con pantalones cortos y camiseta de tirantes, pero ni siquiera eso lo había preparado para lo hermosa que era cuando se quitaba la armadura.

Era alta siempre, pero con los tacones subía a casi un metro ochenta. Su largo pelo castaño claro, con destellos dorados, le caía por la espalda y los hombros y el vestido resultaba glorioso contra su tono de piel.

Y además se pegaba en los lugares indicados.

Una oleada de pura apreciación masculina lo golpeó con fuerza. Vio que otros ojos se volvían a mirarla y comprendió que no era el único que sentía esa apreciación masculina.

Sonrió cuando ella se acercó.

–Veo que has ido de compras –se puso de pie. Con tacones, ella quedaba casi al nivel de sus ojos. Se había puesto sombra negra en los párpados, lo cual le daba un aire sexy. Y llevaba un toque de brillo de labios que realzaba sus labios exuberantes.

–Tenías razón –Kate se sentó a su lado–. Mis trajes son demasiado formales y cálidos para este clima, así que he comprado un par de cosas.

Tiró con discreción del dobladillo del vestido, que se le había subido al sentarse y mostraba demasiado muslo para su gusto.

–Sabia decisión –murmuró Alessandro–. Admito que me ha sorprendido ver que has hecho lo que te dije. Aparte de la vez que te sorprendí en tu casa, creía sinceramente que todo tu repertorio de ropa constaba de trajes en distintos tonos de gris y azul marino.

–No tengo muchas oportunidades para... No suelo...

–¿Salir a divertirte con ropa que llame la atención?

–Nunca me ha gustado ir a discotecas –Kate no pudo reprimir un estremecimiento–. Así que sí, este es el único vestido de ese tipo que tengo. Aparte del otro que he comprado hoy. Ahora tengo dos.

–¿Dos? No sé por qué, pero eso me resulta un poco triste –él sonrió y ella se sonrojó y apartó la vista.

–Me estás pinchando otra vez, ¿verdad? –preguntó.

–Más bien, estableciendo un hecho –repuso él con sequedad–. Quizá deberíamos hacer pellas mañana y volver de compras.

–¿No has acordado ir a ver la compañía que te interesa comprar?

–Los acuerdos se pueden romper. La compañía no se irá a ninguna parte y además –se encogió de hombros–, quieren vender y no encontrarán un comprador mejor que yo.

–Gracias por la oferta, pero ya he comprado bastante hoy.

–Tienes que empezar a vivir tu propia vida, Kate. En lugar de una marcada por el estilo de vida de tu madre.

Alessandro le sirvió un vaso de vino de la botella que se enfriaba en una cubitera en la mesa.

–A tu madre le gustaba comprar ropa que tú considerabas poco apropiada y tu reacción a eso fue que te disgustara ir de compras y te vistieras con ropa que tu madre probablemente no se pondría ni muerta.

Kate lo miró de hito en hito.

–Te recuerdo que estoy cobrando por estar aquí –musitó.

Él le sonrió.

–Y yo te digo que te dejo libre mañana. Si tú no se lo dices a nadie, yo tampoco lo haré.

–¿A ti te gusta ir de compras con una mujer?

–No lo soporto. Tengo una persona que sabe el tipo de ropa que llevo y se ocupa de llenar mi armario.

–¿Quién hace eso?

–Digamos que hace mucho salí con una mujer que se interesó más por mí de lo que debería haber hecho.

–¿Te refieres a que quería algo más que una aventura de una noche?

–Yo no tengo aventuras de una noche –dijo Alessandro.

Kate se echó a reír.

–Creía que lo que no hacías era tener relaciones largas.

–Lo opuesto a las relaciones largas no son las

aventuras de una noche. Hay un término medio muy feliz, créeme. Y ahora tómate el vino y vámonos. El conserje nos ha reservado mesa en un restaurante al que se puede ir andando –miró las sandalias de ella–. ¿Te puedes mover con eso?

Kate levantó el pie y lo inspeccionó haciendo un círculo con él. Las sandalias eran maravillosas, eran las primeras sandalias de tiras que había tenido en su vida.

–Sí, tienes un pie precioso –musitó él–. Dedos bonitos y un tobillo muy bueno. ¿Quieres enseñarme el otro?

–No lo he hecho para que me hicieras cumplidos.

–Pues claro que sí. Es la prerrogativa de las mujeres.

–Será difícil caminar con ellas.

–Iremos despacio. Y, si sientes que te caes, no te preocupes, yo te llevaré.

El restaurante resultó estar más lejos de lo que pensaba Kate y empezó a sentir el ardor de futuras ampollas mientras caminaban, pero no tenía intención de mencionarlo. Además, ¿qué podía hacer él?

Suspiró aliviada cuando entraron en el frescor de un restaurante de pescado y pudo quitarse discretamente las sandalias debajo de la mesa al sentarse.

Le escocía el talón y le palpitaban los dedos. Menos mal que Alessandro había empezado a hablarle de la empresa de electrónica que quería comprar, porque eso le permitía a ella poner expresión de interés y concentrarse en intentar que remitiera el dolor.

–Y así fue como la compañía cayó en un agujero

negro para desaparecer en el éter –concluyó Alessandro.

–Es una idea magnífica –comentó ella–. Seguro que funcionará.

–Nunca he podido resistirme a una mujer que está pendiente de todas mis palabras –gruñó él–. ¿Has oído algo de lo que he dicho en los últimos diez minutos? ¿Soy tan aburrido que has perdido el interés en mi conversación después de cinco segundos?

–Lo siento. Estaba a kilómetros de aquí.

–¿En algún lugar en concreto?

«Sí, en un mundo de dolor y agonía donde mi única misión era conseguir tiritas para ampollas y paracetamol», pensó Kate.

–No. Solo estaba pensando que estoy en Canadá. ¿Sabes que casi no he viajado?

Les habían llevado vino y ella bebió de golpe la mayor parte de su vaso con la esperanza de encontrarle propiedades analgésicas que la ayudaran a pasar la velada sin ponerse en ridículo.

–Pero habrás viajado alguna vez al extranjero.

–A Ibiza –Kate hizo una mueca–. Llevé a mi madre allí.

–¿Y?

–Y fue divertido, aunque mi madre pasó bastante tiempo flirteando con los camareros –Kate se echó a reír–. Pero ahora que lo pienso, sí fue divertido. Me obligó a dejar los libros y a ponerme un bañador sin una camiseta ancha encima, a pesar de que le conté los peligros de exponerse demasiado al sol –suspiró–. Debes de pensar que soy muy aburrida.

–Aburrida no, solo un poco... cauta –repuso él–. Pide lo que quieras de la carta y no temas comer hasta que te sientas llena. El conserje me ha dicho que el pudin de chocolate es famoso.

Mucha buena comida, demasiado vino bueno y Alessandro Preda como compañero de mesa. Todo eso hizo mucho por adormecer el dolor de los pies de Kate y solo volvió a ser consciente de las ampollas cuando tuvo que volver a ponerse las sandalias al final de la cena.

El paseo era menos de media hora, el aire seguía siendo cálido y caminaban despacio, pero cada paso era una agonía para Kate, que, cuando vio el hotel, gimió con suavidad, en parte por el alivio de que su sufrimiento acabaría pronto y en parte porque no pudo evitarlo.

Alessandro se detuvo y la miró con atención.

–¿Qué te pasa?

–Nada. Estoy disfrutando del paseo. Esto es diferente a Londres, ¿verdad? No tan frenético.

Alessandro bajó la vista por el cuerpo de ella hasta llegar a los pies.

–¡Demonios! –se agachó a examinar los pies y ella dejó escapar un gritito mortificado.

–¡Levántate! –susurró–. Por favor. La gente nos mira. Van a creer que te estás declarando o algo así.

–¿A los pies? –él alzó la vista y ella mantuvo la mirada apartada–. ¿Cuánto tiempo llevas sufriendo?

–No estoy sufriendo. Me duelen un poco los pies porque no estoy acostumbrada a llevar tacones ni sandalias.

–¡Santo cielo, mujer!

Él se incorporó y la tomó en brazos con un movimiento fluido. Kate soltó un grito de sorpresa y se agarró a él, que echó a andar hacia el hotel. La gente se volvía a mirarlos y se reía.

–¡Bájame! –aulló ella–. Todo el mundo nos mira.

–Te preocupas demasiado de lo que piense la gente. Y no te voy a bajar. ¿Por qué demonios no has dicho nada?

–En el restaurante estaba bien –respondió ella.

Resultaba difícil hablar mientras intentaba adoptar una posición que no fuera totalmente humillante. ¿Su ropa interior resultaba visible para todo el mundo?

–Por favor, bájame cuando entremos en el hotel.

Él no hizo caso y fue directamente al mostrador de recepción y pidió que le enviaran un estuche de primeros auxilios a su suite de inmediato.

Kate renunció a protestar y se agarró a él, con los brazos alrededor de su cuello, los dedos entrelazados y los ojos cerrados porque así podía engañarse y pensar que aquello no estaba ocurriendo.

Solo abrió los ojos cuando él la depositó con cuidado en la cama y observó cómo le quitaba las sandalias con gentileza y maldecía en voz baja.

Kate se sintió avergonzada cuando él apoyó los pies doloridos de ella en su regazo y extendió el brazo hacia el botiquín que acababa de dejar sobre la cama.

–Tienes razón. Debería haber dicho antes que me estaban saliendo ampollas. Pero, por favor, puedo cuidarme sola –fue una última súplica desesperada de la que él no hizo ningún caso.

Sus manos resultaban muy reconfortantes. Kate

cerró los ojos y su respiración se hizo más lenta mientras él limpiaba las ampollas, ponía crema en ellas y después unas tiritas especiales.

–No sabía que fueras médico aparte de todo lo demás –bromeó ella, cuando el silencio le resultó demasiado íntimo.

–A decir verdad, pensé en estudiar Medicina. Pero esa ambición no me duró mucho.

–¿Por qué?

Alessandro no la miró.

–Mis inútiles padres necesitaban que los encaminara por la buena senda financiera.

¿Por qué había dicho eso cuando él nunca se confiaba a nadie, y menos a una mujer? Cuando sabía que las confidencias alentaban a las mujeres a pensar que podían abrirse paso más allá de sus barreras.

Pero había sido un día perturbador. Había visto cómo se estrellaban sus ideas preconcebidas, se había visto obligado a revaluar su enfoque blanco o negro de la vida. Las cosas eran mucho más claras sin zonas grises. Y en ese momento su cuerpo jugaba con su cabeza de un modo que no había ocurrido nunca y lo controlaba a él, sentado allí con los pies de ella en su muslo.

–¿Qué quieres decir? –preguntó Kate con curiosidad–. Pensaba...

–¿Que siempre había sido rico?

–Sí.

–Nací rico –dijo él–. Soy el producto de dos familias ricas. Mis padres tenían mucho dinero. Desgraciadamente, ninguno de los dos tenía el suficiente sentido común para administrar debidamente su fortuna.

Sonrió con ironía, se levantó, cerró el botiquín y se acercó a la ventana, donde permaneció un momento mirando la calle antes de volverse hacia Kate.

–Eso es el amor que tú quieres –dijo. Volvió despacio hacia la cama con las manos en los bolsillos–. El de almas gemelas y de construir una relación.

–¿Qué quieres decir? –preguntó ella, confusa.

–Digo que tengo experiencia de primera mano de cómo un par de almas gemelas pueden llevar estilos de vida obsesivos y destructivos. Mis padres se casaron jóvenes y, al llegar a los cuarenta, habían conseguido dilapidar la mayor parte de sus fortunas en... bueno, francamente, en malas inversiones y planes ecoestúpidos. Tenían la cabeza en las nubes. Sí, estaban enamorados, pero personalmente, creo que, si hubiera habido un poco menos de amor y un poco más de sentido común, no se habrían pasado la vida de una inversión ridícula a otra, hasta que me tocó a mí sacarles las castañas del fuego.

–¿Tuviste que hacer eso?

–Creían, equivocadamente, que el pozo no se secaría nunca.

–¿Y tú renunciaste a tu sueño de ser médico por un estilo de vida más rentable?

–No me compadezcas. Estar en mi posición no es tan malo.

–No, pero el dinero no importa tanto, ¿verdad?

–¿Por eso te pasas los días trabajando para tener estabilidad económica?

Kate se ruborizó. Se había incorporado apoyándose en las almohadas y él la miró.

–Y yo no he abandonado la diversión por un sueño de perfección que nunca se dará.

–Yo no he hecho eso –protestó ella.

–¿No? ¿Cuánto hace que no tienes sexo?

De pronto, a Kate le resultó difícil respirar. El corazón le latía con tanta fuerza que casi podía oírlo. Cuando abrió la boca, la mujer profesional que no se iba a dejar afectar por él se había desvanecido. En su lugar había una mujer en las garras del deseo, una mujer con necesidades, una mujer que sentía esas necesidades en el líquido que mojaba su ropa interior.

–Yo... Bueno...

–¿Cuándo fue la última vez que te dejaste ir, Kate? Porque yo pienso que esta noche ha sido la primera vez en años que has salido con una ropa que no se pondría una tía abuela tuya.

–Eso no es justo –murmuró ella, picada porque era cierto.

–Tal vez no sea justo, pero es verdad. ¿Cuándo fue la última vez que sentiste algo que no fuera la necesidad de trabajar para no acabar como tu madre? Es una vida seca.

–Es...

–Seca, estéril. Te estás escondiendo de tus sentimientos, esperando que ocurra algo importante y, entretanto, la vida te está pasando de largo.

–No todo es sexo...

Él no contestó. No era necesario.

Kate leía la intención en sus ojos y sabía que iba

a besarla. Y ella quería que lo hiciera. Lo deseaba con todas las fibras de su ser hambriento de sexo... aunque no tuviera sentido.

La boca de él cubrió la suya y no fue con el hambre posesiva de un hombre que quería tomar sin dar. No, fue un beso lento, perezoso, prolongado... una fusión de lenguas que le arrancó gemidos a ella. Entrelazó los dedos detrás del cuello de él y lo atrajo hacia sí, pero se apartó casi al instante y lo miró desconcertada.

–No deberíamos hacer esto –susurró con voz ronca.

Pero tenía todavía las manos detrás de la cabeza de él y el cuerpo inclinado hacia Alessandro.

«Dímelo a mí», pensó él. Probablemente, aquello era lo último que debería hacer. Pero por primera vez en su vida había abandonado el control y no tenía intención de recuperarlo. Estaba tan excitado que no podía pensar con claridad. Quería sentir la mano de ella en su erección, que lo acariciara, que lo lamiera, que lo tomara en su boca...

En lugar de eso, los dos seguían completamente vestidos y eso lo volvía loco.

–Es mejor hacer cosas que sabemos que no deberíamos hacer que llevar una vida vacía resistiendo todas las tentaciones –musitó–. Pero si quieres que pare...

Ella no contestó y él volvió a besarla, y esa vez fue un beso hambriento, urgente, exigente y devastador.

Kate apenas fue consciente de que subía a la cama con ella y se quitaba la camisa. Estaba demasiado fascinada por su torso desnudo y bronceado, por sus hombros anchos y sus músculos.

Gimió y se incorporó un poco para lamerle el estómago. Se sentía tan decadente y lasciva que casi no podía creer lo que había hecho. Él echó atrás la cabeza y respiró fuerte. Y eso la hizo sentirse poderosa.

Colocó la mano en el bulto que presionaba los pantalones de él y le gustó oírlo gemir y sentir que empujaba contra su mano.

–Espera... –Alessandro contuvo el aliento y lo soltó luego en un largo siseo.

–¿A qué?

–Nunca he estado tan cerca de hacer lo impensable.

–¿Y eso qué es?

Alessandro miró el rostro sonrojado de ella y sonrió con picardía.

–Terminar antes de tiempo. ¿Te muestro lo que es eso?

Kate sabía que era una mala idea. No tenía sentido. Iba contra todos sus principios. El sexo no era algo para entregarlo a la ligera, debería ser parte de una relación en desarrollo, de un viaje de descubrimiento y exploración.

Alessandro Preda tenía tanto interés en viajes de descubrimiento y exploración como un pirata que planeara su próxima conquista.

Pero ella lo deseaba. ¿Y acaso no tenía razón él? Había estado tan ocupada construyendo su nidito de seguridad que había olvidado que había un mundo fuera de su casa, un mundo de experiencias, diversión, aventura y desafíos.

¿Por qué no aceptar el reto y dejarse llevar por una vez en su vida?

–Trabajo para ti.

–Creo que es demasiado tarde para pensar en eso.

Él se sentó a horcajadas sobre ella y llevó la mano al botón de sus pantalones. Era un macho alfa al cien por cien. Un rompecorazones al ciento por ciento.

Pero ella estaba segura. Un hombre como él jamás podría romperle el corazón. Los hombres como él habían roto el de su madre una y otra vez. Los hombres como él engañaban a las mujeres y les hacían olvidarse del sentido común. Ella había trabajado toda su vida para ser inmune a esos hombres. ¿Y qué si en aquel caso en concreto resultaba que no era inmune físicamente? Podría superarlo.

Aquello era vivir el momento. Era algo que no había hecho nunca. Y lo iba a hacer porque él tenía razón. Era mejor que arrepentirse de no hacer algo.

Capítulo 8

LA TELA sedosa del vestido se le había subido por los muslos y ella estaba tumbada mirándolo. Alessandro seguía a horcajadas sobre ella. Sin apartar la vista de su rostro sonrojado, extendió el brazo detrás de sí y le puso la mano entre las piernas.

Ella se derretía. Cuando él movió la mano, ella gimió y agitó las pestañas. Estaba húmeda... muy húmeda. Dejó las piernas relajadas, invitándolo, y él aprovechó la invitación para deslizar la mano bajo sus braguitas húmedas y acariciarla con dos dedos con gentileza e insistencia, buscando el botón palpitante del clítoris y arrancándole respingos de placer.

–¿Te gusta lo que te hago? –murmuró.

Ella asintió, aturdida, apenas capaz de creer que aquella era ella, la sensata y siempre vigilante Kate Watson, que siempre planeaba su vida hasta el último detalle y nunca se permitía dejarse arrebatar por algo que no pudiera controlar.

Se movió contra los dedos exploradores de él, gimiendo con suavidad, sintiendo las olas de placer que empezaban a subir hacia la cima.

–Así no –consiguió decir, con una voz que no reconocía, y él retiró los dedos al instante y la dejó ansiando más–. Bruto –sonrió al ver el brillo de malicia de los ojos de él.

–Te dejaré hacerme lo mismo a mí –la tranquilizó Alessandro–. A veces funciona. Acercarse tanto a la línea de meta y no poder cruzarla hace que el cruce final sea mucho más emocionante.

Bajó de la cama y se desnudó despacio. Tenía las manos temblorosas, el pulso galopante y estaba momentáneamente confuso. Porque aquello no le había ocurrido nunca. No recordaba haber tenido que luchar contra el deseo de llegar al orgasmo antes de tiempo. A la hora de hacer el amor, siempre había podido controlar su cuerpo.

Y en aquel momento no.

En aquel momento sabía que, si ella lo tocaba allí abajo, eyacularía. Tendría que ir despacio y, aunque apresurarse no era su estilo, esa vez era justamente eso lo que quería hacer.

Esa pérdida de control era... desestabilizadora. Le hacía sentir que caía por el borde de algo para precipitarse hacia lo desconocido.

Ella lo miraba fijamente, fascinada, aprensiva, curiosamente tímida ante el cuerpo, todavía con boxers, de él.

–¿Te gusta lo que ves?

Kate asintió con la boca seca. Aquel hombre era pura perfección física.

–Debes de hacer mucho ejercicio –musitó.

Alessandro sonrió.

–Me tomaré eso como un cumplido.

Se quitó los boxers y ella casi se desmayó al ver

su impresionante erección. Cuando él volvió a la cama, ella tenía los ojos semicerrados.

Estaba nerviosa. El corazón le latía con fuerza. Se tumbó de lado para quedar frente a él y le maravilló la profundidad de sus ojos, las sombras más claras que moteaban su color negro.

–Me estabas diciendo que te impresiona mi cuerpo –murmuró él. Le echó el pelo hacia atrás y plantó un rastro de delicados besos en su cara. Quería oírselo decir, y ese deseo también era nuevo en él.

–¿Ah, sí?

–Hago ejercicio.

–¿Cuándo? Vives en la oficina.

–Trabajo duro, pero también me divierto. Me gusta pensar que eso es lo que hace que una vida sea equilibrada.

Kate sabía a lo que se refería con eso. No a ir al gimnasio dos veces por semana. Al sexo. Sexo sin ataduras con mujeres hermosas que no planteaban exigencias porque, en cuanto lo hacían, se acababa su tiempo con él.

Se le ocurrió que aquel súbito deseo por ella solo se había producido cuando la había visto sin el uniforme de trabajo, vestida luciendo sus atributos. Como solía hacer su madre. Él había ido a por su cuerpo, ¿y cuántas veces se había dicho que ella jamás podría interesarse por un hombre a quien no le interesara por lo que era?

Pero deseaba a aquel hombre.

–¿Por qué yo? –susurró.

Alessandro se echó un poco hacia atrás para mirarla. De cerca era todavía más espectacular. Su rostro era suave y satinado; sus labios, plenos y sus ojos, los más verdes que él había visto en su vida.

Pero él no estaba allí con ella por su belleza. Su mundo estaba lleno de mujeres atractivas. Después de un tiempo acababan fundiéndose todas en una. No, estaba allí porque ella era... diferente.

Y porque lo había visto en un momento raro de confusión, cuando había tenido que olvidar todas sus ideas preconcebidas sobre George Cape y comportarse de un modo que no había previsto.

Vulnerable.

Odiaba esa palabra, pero era así. Ella lo había visto vulnerable.

¿Había creado eso un vínculo extraño entre ellos? Pero eso daba igual. La realidad era que los dos estaban allí e iban a hacer el amor.

–Estas cosas ocurren –murmuró–. ¿Quién sabe lo que genera la atracción física? Deja de hablar. Hay modos mejores de gastar energía.

Pasó la mano por el muslo de ella, debajo del vestido, y por la cintura. Estaba casi nervioso y eso le sorprendió.

Kate sentía la dureza de la erección de él contra ella. Extendió el brazo, la tomó en su mano y tuvo otro momento de vacilación.

–No soy... experimentada... como esas mujeres con las que sales. Creo que debo avisarte.

–Está bien. Me considero avisado. Ahora quiero que te quites ese vestido. Es bonito, pero prefiero verlo en el suelo.

Ella tomó la prenda por el dobladillo, preparada para sacársela por la cabeza.

–No tan deprisa –dijo él.

–¿Qué quieres decir?

Alessandro se apoyó en un codo y la miró con una media sonrisa que excitó todavía más a Kate.

Aquello era lujuria. Aquello era de lo que hablaban las mujeres cuando gemían que no podían evitarlo. Kate nunca había sentido ninguna simpatía por esas mujeres. Pensaba que los hombres y el sexo se podían evitar siempre. Ella era un buen ejemplo de lo que se llamaba «autocontrol». Era fácil.

Pero en aquel momento, si alguien le dijera que se alejara del hombre que la miraba con unos ojos que podían prenderle fuego a un bosque, no podría moverse de allí.

–Tienes que hacer un striptease –él se tumbó con las manos detrás de la cabeza y la miró–. Es lo justo.

–Nunca he hecho un striptease –repuso Kate.

Sentía sudor frío solo de pensar en ello, y, sin embargo, también la excitaba imaginarse aquellos ojos oscuros fijos en ella, disfrutándola...

¿Eso la volvía débil como su madre?

No. Kate sabía que no. Pero tenía la sensación de que estaba dejando marchar a la antigua Kate, aunque no sabía de dónde había salido esa idea. Ni adónde iba la vieja Kate o si volvería pronto.

–No tienes que hacerlo si te sientes incómoda –dijo Alessandro.

–¿Y por qué iba a sentirme incómoda?

–Dime una cosa. Cuando hiciste el amor en el pasado, ¿siempre fue en la oscuridad?

Kate se ruborizó... lo cual respondió a la pregunta.

Él le acarició el brazo despacio.

–¿Nunca has querido ver lo que hacías? –preguntó.

–Me he acostado con un hombre exactamente cuatro veces –confesó ella–. Nunca... Supongo que si lo nuestro hubiera funcionado...

No. Aunque Sam y ella no hubieran terminado, nunca habría sentido aquel deseo por él. Habría insistido en apagar la luz para desnudarse porque él no provocaba aquella sensación de anhelo incontrolable en ella.

Bajó de la cama y se puso de pie donde él había estado antes. Se quitó el vestido muy despacio y lo dejó caer al suelo.

A continuación se desabrochó el sujetador.

Alessandro se tocó. Su respiración se volvió entrecortada. Ella era esbelta pero no delgada y tenía unos pechos generosos, con pezones grandes y rosas que pedían a gritos que los chuparan.

Kate terminó de quitarse la ropa interior y se irguió orgullosa, muy femenina, con curvas en los lugares indicados, con el vello entre los muslos proclamando que era una de las pocas chicas que no consideraba necesario depilarse cada centímetro cuadrado del cuerpo.

Alessandro nunca había estado tan excitado.

Ella bajó los ojos y se sonrojó. Se acercó a la cama y él le puso ambas manos en las nalgas y tiró de ella hacia sí.

Kate hundió los dedos en el cabello de él y dio un respingo cuando Alessandro separó aquellos pliegues suaves, y otro cuando la lengua de él rozó su carne húmeda y sensible y entonces dejó de respingar y contuvo el aliento cuando la lengua empezó a explorar más.

Era una sensación exquisita. Se sentía transportada a otra dimensión. Separó las piernas para acomodar la lengua, que localizaba ya el botón palpitante del clítoris. Kate se arqueó hacia atrás. Todo su cuerpo estaba bañado en sudor. Cuando él se retiró, ella casi sollozó por la sensación de pérdida que eso le produjo.

–Ahora sube a la cama –ordenó él con suavidad.

Kate se dejó caer como una muñeca de trapo a su lado y se abrazó a él, encantada con la sensación de calor que emanaba de su cuerpo.

Alessandro empujó su muslo entre las piernas de ella y lo movió con el nivel de presión justo para que ella continuara donde lo había dejado al retirarle la lengua.

Kate se agarró a sus hombros y lo miró adormilada, drogada, completamente a su merced.

Y a él le gustó eso.

La besó a conciencia en la boca y después siguió besándole el esbelto cuello, los omoplatos... y fue bajando hasta que rodeó el pezón de ella con la lengua, se lo metió en la boca y succionó perezosamente, sin prisa por llegar a ninguna parte.

Kate había muerto e ido al cielo. No había ni una parte de todo su cuerpo que no vibrara con sensaciones nuevas y maravillosas, que se incrementaron todavía más cuando él bajó la mano por sus muslos, la deslizó entre ellos y la acarició con los dedos de un modo increíblemente íntimo y muy, muy erótico.

Ella se retorció y sintió que él sonreía contra su pecho. Estaba disfrutando, pero era imposible que disfrutara tanto como ella. Él hacía aquello todo el tiempo. Era un hombre que cenaba y se acostaba con las mujeres más hermosas del mundo. Aquello seguramente era una rutina para él. Era un experto en dar placer sexual.

Mientras que ella estaba en territorio nuevo y desconocido, y le encantaba.

Le encantaba lo que le hacía él y lo que sentía su cuerpo, como si despertara por primera vez.

Cerró los ojos y suspiró cuando él pasó de un pezón al otro. Se movió contra los dedos de él y Alessandro los introdujo un poco más.

–Por favor –suplicó ella. Y él dejó de succionarle el pezón para mirarla.

–¿Por favor qué?

–Ya sabes.

–Está bien, puede que lo sepa, pero quiero oírtelo decir.

–¿Quieres oírme decir que te deseo ahora mismo? ¿Que no puedo esperar mucho más? Que...

–Que te gustaría llegar al orgasmo en mi mano, pero prefieres sentirme moviéndome dentro de ti, embistiendo con fuerza. Repite eso conmigo.

–No puedo –musitó ella sin aliento. Alessandro sonrió porque el abismo entre el cuerpo húmedo y caliente de ella y su puritanismo, lo fascinaba.

–Sí puedes.

Ella lo hizo. Y decir esas cosas en voz alta le resultó tremendamente excitante.

Notó que él se apartaba un momento, sintió que

se hundía el colchón cuando volvió y supo que estaba usando protección.

Cuando la penetró, estaba abierta y preparada para él, aunque hacía tiempo que no tenía sexo y el pene de él era muy grande. Los músculos tensos de ella se relajaron y acogieron cada glorioso centímetro de él. Y, cuando empezó a moverse en su interior, sintió que nunca había experimentado nada semejante.

Le clavó las uñas en la espalda. Ambos estaban sudorosos. Tras una serie de embestidas, ella llegó al orgasmo entre gritos.

Cuando descendió de la cima a la que se había visto catapultada a velocidad supersónica, se sentía plenamente saciada y muy consciente de que, aunque no le gustara, había sido tan vulnerable al carisma sexual de ese hombre como todas las supermodelos que salían con él y a las que despachaba con regularidad.

Alessandro se retiró de ella jadeante. La experiencia lo había dejado en otro planeta. Se sentía de maravilla, como si hubiera descubierto la habilidad de caminar sobre el agua.

¿De dónde había salido esa sensación?

Yació de costado y miró el cuerpo de ella. Tomó uno de sus pechos y sintió su peso.

Kate se apartó y buscó la colcha, que estaba debajo de ellos. Aunque ¿a qué venía aquel ataque de timidez cuando solo unos minutos atrás había dicho cosas que la hacían sonrojarse?

A pesar de eso, ¿qué narices había hecho? ¿No debería sentir remordimientos... mortificación?

–Mis pies están mucho mejor –comentó.

–El sexo tiene la virtud de arreglar muchos de los pequeños problemas de la vida –él jugó con un mechón de pelo de ella y se lo colocó detrás de la oreja–. Incluidos los pies doloridos.

–¿En serio? Yo nunca...

–Porque te has pasado toda tu vida adulta evitándolo.

«Y tú te has pasado toda tu vida adulta evitando compromisos».

Kate quería decir eso, pero sabía que no debía cruzar esa línea. Si lo hacía, la alejaría como si fuera una desconocida con la que acababa de tropezarse.

Y ella no quería que la alejara. Todavía no. Acababa de descubrir esa faceta loca y sensual suya que le hacía sentirse tan bien, como si pudiera caminar por el agua, y quería aferrarse a ella un poco más.

¿Y qué tenía eso de malo? Era la naturaleza humana, ¿no? El deseo de aferrarse a algo que le hacía sentirse bien.

En ese momento que había pasado la niebla de pasión desatada, decidió que era la misma persona que había sido siempre, pero con dimensiones añadidas. Y eso tenía que ser algo bueno, ¿no?

Su media naranja aparecería en algún momento y no solo la esperaría en casa con una copa de vino después de un día duro, sino que además la llevaría al dormitorio y le haría sentir lo mismo que Alessandro Preda le había hecho sentir.

Porque en esos momentos se había despertado su

lado sensual. Y eso era lo que le había faltado antes.

Se acurrucó contra Alessandro y se rio cuando se dio cuenta de que él volvía a estar excitado.

–Aunque tus pies estén mejor, quizá no te resulte fácil andar los dos próximos días –sonrió con malicia–. Y en ese caso, podríamos tener que resignarnos a estar encerrados en esta suite un par de días.

–¿Qué quieres decir? –preguntó ella.

–Tú sabes lo que quiero decir. Puedes sentir la química entre nosotros. No puedo dejar de tocarte.

–Pero ¿y el cliente al que querías ver?

–No creo que se vaya a ninguna parte. Al menos, en un par de días.

–¿Ese es el tiempo límite que le has puesto a esta... situación?

La calidez del rostro de él se evaporó en el acto. Kate lo sintió apartarse y supo que estaba calibrando la situación, sopesando los pros de tener buen sexo y los contras de lo que podía resultar ser una situación incómoda.

–Sé lo que estás pensando –dijo ella, intentando reprimir el súbito dolor que sentía por dentro.

–¿Ah, sí? ¿Lees el pensamiento?

–No leo el pensamiento, pero tampoco soy estúpida. Te he dicho lo que pienso de las relaciones sexuales esporádicas y probablemente te da miedo que ahora intente arrastrarte a la joyería a mirar anillos. Pero eso no es cierto.

–¿No?

–No –repuso Kate con firmeza–. No sé lo que ha pasado aquí, esto ha seguido un camino inesperado...

pero eso no cambia el hecho de que tú eres tú y yo soy yo. Para empezar, trabajo para ti. Eres mi jefe. Y eso hace que todo esto esté mal.

–Olvidemos que somos jefe y empleada.

–Para ti es fácil decirlo –a Kate le daba rabia de pronto que él estuviera seguro de que podía hacer lo que quisiera sin ninguna repercusión–. Puedes despedirme si decides que voy a causarte problemas.

–¿Y lo harás ? –preguntó él.

No había pensado que ella fuera capaz de ir a contar su historia a la prensa rosa. A Alessandro no le importaba lo que la gente pensara de él, pero la idea de que ella pudiera hacer aquello para sacar dinero después de haberse acostado con él... eso era otra cuestión.

¿Y por qué no se le había ocurrido esa posibilidad?

Porque le había parecido una persona íntegra. ¿Iba a resultar que estaba equivocado?

No. Solo tenía que mirarla para saber que se sentía insultada.

–Tenía que preguntarlo –dijo él con frialdad.

–Pues claro que sí –repuso ella con sarcasmo–. Es natural que después de acostarte con una mujer le preguntes si va a llamar a la prensa rosa para contarles que ha hecho el amor con Alessandro Preda. Si crees que me he acostado contigo para hacer dinero con la historia...

Él la miró muy serio.

–Cuando se lleva una vida como la mía, no das nada por sentado.

–Entonces, debes de llevar una vida triste –ella suspiró–. Perdona, no he debido decir eso. Pero no sé cómo actuar contigo después de lo que ha pasado. Cuando digo algo muy directo, recuerdo quién eres y empiezo a preguntarme cómo nos hemos metido en este... este desastre...

–Este tipo de situaciones solo son un desastre si se van de las manos. Y solo se van de las manos si uno de los dos se implica demasiado.

–Y ese jamás serías tú –ella lo miró con tristeza porque, aunque sabía que estaba en un lío, no quería salir de él todavía.

Pero saldría pronto. Porque una cosa era segura. Cuando regresaran a Londres, no habría nada entre ellos.

–No te preocupes –dijo–. Yo tampoco seré.

–Lo sé.

–¿Lo sabes?

–Tú buscas un alma gemela y no soy yo. Lo nuestro es algo puramente físico.

–Yo no suelo hacer cosas puramente físicas.

–Me das lástima por eso –comentó él con frialdad, devolviéndole la pelota de la crítica. Ella se sonrojó–. Estás muy guapa cuando te ruborizas –murmuró–. Y, por cierto, no quiero que sientas que debes ir de puntillas conmigo como si pisáramos cáscaras de huevo. Cuando estás desnuda en la cama, dejas de ser mi empleada.

«¿Y cuando estoy sentada en mi mesa vestida con uno de mis trajes?», pensó ella.

Sabía que había entrado en aguas revueltas, había perdido su valioso control y solo se le ocurría un modo de recuperarlo.

–Tienes que prometerme una cosa –dijo en serio.

–No me gusta hacer promesas. Y menos a mujeres.

Kate respiró hondo.

–Pues tendrás que hacer esta o me vestiré y volveré a mi habitación.

–¿Eso es un chantaje? –preguntó él con frialdad–. Porque el chantaje me gusta todavía menos que hacer promesas.

–No, no lo es. ¿Siempre eres tan receloso con los motivos de la gente? No, no contestes. Lo eres. No puedes evitarlo. Quiero que me prometas que esto acabará cuando volvamos a Londres y que nunca hablaremos de ello. Fingiremos que no ha pasado nada y yo volveré a ser tu empleada y nada más.

Alessandro enarcó las cejas. Era la primera vez en su vida que lo despedían antes de tiempo. En realidad, era la primera vez en su vida que lo despedían. Punto.

Se encogió de hombros y decidió que era una promesa que estaría encantado de hacer. Sería suya durante una semana y, cuando terminara la semana, estaría preparado para seguir con su vida. Kate Watson, aunque atractiva y sexy, no era su tipo. Ella quería más de un hombre que una aventura y él sospechaba que, si continuaban la relación, sus buenas intenciones de no implicarse demasiado con alguien que no era su alma gemela desaparecerían, porque la vida era así.

–¿Trato hecho? –preguntó ella.

–Trato hecho, pero ¿quién te dice que no te resultará imposible cumplir tu parte?

–Considero esto una especie de aventura. Nunca me había dejado llevar de este modo, pero me alegro de haberlo hecho y creo que, en cierto sentido, debería darte las gracias.

Lo miraba con sinceridad y Alessandro le devolvió la mirada, divertido.

Era una mujer compleja. Una profesional ambiciosa con poca experiencia sexual, una empleada que vestía de traje y se sonrojaba como una adolescente. Era escrupulosamente sincera, decía lo que pensaba e ignoraba los posibles efectos colaterales que eso pudiera tener.

En resumen, representaba un desafío para él.

Y eso era algo que no le ocurría generalmente con las mujeres.

Se preguntó si habría estado buscando en los lugares equivocados. No creía en el amor, pero quizá había llegado el momento de explorar algo más sólido que sus relaciones con supermodelos serviciales pero casquivanas.

Kate Watson le había enseñado que un cerebro bien amueblado aumentaba el encanto. Si eso iba unido a una mujer que no buscara amor ni romanticismo, que fuera tan pragmática como él en lo referente a las relaciones, una mujer que pudiera ser un reto intelectual, que viera el matrimonio como algo libre de los antojos del llamado «amor»... ¿quién decía que no podía funcionar?

Él ya estaba hastiado. Aquel interludio se lo había demostrado así. La novedad de estar con alguien distinto había sido reveladora. Qué demonios, casi no podía pensar con claridad con ella a su lado. Necesitaba un cambio.

–Quizá –la atrajo hacia sí– debería ser yo el que te dé las gracias.

Capítulo 9

ALESSANDRO apartó el sillón del escritorio hacia los ventanales a través de los cuales veía una sucesión ininterrumpida de cielo gris. En la semana y media que hacía que habían vuelto de Toronto, el cielo azul había dado paso a un verano más típico de Londres, con lloviznas intermitentes y las protestas de un país que se había acostumbrado a salir a la calle sin jerséis ni paraguas.

Su temperamento debería haber mejorado ya, pero no era así. Pensó que ese cambio quizá se produjera en la forma de una abogada esbelta y sexy cuyo teléfono tenía en la agenda desde que se habían conocido brevemente unos meses atrás.

Kate, fiel a su palabra, le había cerrado la puerta en cuanto habían despegado en el aeropuerto de Toronto.

–Ha sido divertido –le había dicho con una sonrisa alegre.

–Yo no estoy preparado para terminar la diversión todavía –había contestado él.

Y era verdad. Por lo que a él respectaba, la diversión no había hecho más que empezar. ¿Y por qué tenía que terminar en cuanto llegaban a Heathrow? Su dieta en lo relativo a mujeres y sexo no incluía sacrificios y no veía razón para cambiar eso.

Habían tenido una semana muy sexual en Toronto, en la que apenas habían incluido una visita al cliente potencial. Había sido suficiente para cerrar el trato y habían pasado el resto del tiempo explorando las atracciones turísticas y haciendo el amor. Sorprendentemente, no se había cansado de ella. No había sentido ni irritación ni claustrofobia al estar en compañía de una mujer fuera de la cama.

Siendo así, no entendía por qué debían darlo por acabado, pero ella no compartía su opinión.

Alessandro miró su reloj. Siempre que pensaba en aquella conversación, deseaba golpear algo. Ella le había dicho que todo había acabado y había seguido sonriendo. Él apretó los dientes con furia al recordarlo. No sabía que fuera tan difícil asimilar un ego contrariado. ¿Tan engreído era que no podía soportar que quisieran dejarlo antes de que lo decidiera él? Sobre todo, teniendo en cuenta que aquello no estaba destinado a durar de todos modos.

Porque no lo estaba. Kate había hecho algo que no estaba en su agenda, pero eso no cambiaba el hecho de que lo que buscaba en la vida era muy diferente a lo que buscaba él.

Quería una relación a largo plazo sin barreras y eso no era para él. Para él una relación a largo plazo tendría que ser algo mucho más controlable, algo que no alterara su foco principal en la vida, que era su trabajo, algo que no fuera... invasivo.

Sonó su teléfono. Era Rebecca, la abogada. Piernas largas. Pelo corto. Atractiva con cerebro. En otro tiempo eso último no habría entrado en sus parámetros de búsqueda, pero había visto que funcionaba. Y ella no buscaría finales de cuentos de hadas. Era una mujer de carrera que no daba la impresión de estar dispuesta a sacrificarla por ningún hombre.

Eso era un plus.

Alessandro contestó la llamada. Ella estaba en camino. Irían a la ópera y luego a uno de los restaurantes más caros de la ciudad. Y después...

El cerebro de él viró de pronto en una dirección totalmente distinta.

Kate en su cama del hotel, con el cabello largo extendido sobre las almohadas y los brazos apoyados en el estómago viendo cómo se desnudaba él. Sus ojos pesados por el deseo excitándolo hasta casi hacerle perder el control. Y eso antes incluso de tocarla.

Kate riéndose con el pelo alrededor de la cara en el coche que habían alquilado para que él le mostrara parte de los maravillosos paisajes que había a poca distancia de la ciudad.

Kate preguntándole con gentileza por su pasado, intentando averiguar por qué era contrario al amor y tratando de conocer todas sus pruebas y tribulaciones. Y él hablando con ella y contándole cosas que nunca le había contado a nadie.

Pero en ese momento ella había vuelto a su despacho. Su ascenso era ya de dominio público, como también la jubilación anticipada de George Cape, que habían explicado porque quería pasar más tiempo con su familia en un momento difícil. Y era cierto. Además, varios miembros del equipo de contabilidad habían asumido responsabilidades nuevas, para satisfacción general de todos los concernidos.

Pero Alessandro no se sentía satisfecho y eso lo ponía nervioso. Quizá esperaba demasiado del poder curativo de Rebecca.

Marcó el número del teléfono móvil de Kate en un impulso porque tenía varias preguntas que hacerle. A Rebecca no le importaría esperarlo cinco minutos si llegaba antes de lo esperado.

–Soy Alessandro –dijo.

A Kate le dio un vuelco el corazón al oír su voz. Sabía que había hecho bien en terminar la aventura con él. Alessandro quería seguir hasta que se cansara, pero no había puesto muchas dificultades a la ruptura ni había intentado contactar con ella desde su regreso a Londres.

Había delegado el trabajo para ella a través de su director financiero y ella había captado el mensaje. No le habría importado divertirse un poco más con ella, pero en cuanto ella había rehusado, él se había encogido de hombros y se había alejado en dirección contraria. Nada del otro mundo.

Excepto porque lo echaba de menos. No tenía sentido, pero era verdad. Y, desgraciadamente, el hombre que no era apropiado para ella era también el hombre que la había hecho muy feliz. El hombre que la hacía reír y que le había mostrado una faceta empática y considerada en su forma de tratar con George.

También era el hombre que se negaba a hablar de nada que fuera demasiado personal.

Y eso indicaba que no estaba preparado para

avanzar un paso más y ella se odiaba a sí misma porque ella sí había llegado a querer eso.

Porque se había enamorado de él.

Había roto su libro de reglas y había hecho lo que se había prometido que no haría nunca porque Alessandro Preda no tenía sentido como pareja.

Más de una vez había tenido tentaciones de ir a llamar a su puerta y decirle que se lo había pensado mejor, que él tenía razón y que quería seguir acostándose con él hasta que se apagara el fuego.

Pero se había resistido.

Hasta que no oyó su voz en el teléfono, no se dio cuenta de hasta qué punto quería que se pusiera en contacto con ella.

–Estaba a punto de salir –dijo con lo que esperaba que fuera una voz tranquila y controlada–. ¿Llamas por los problemas con el trato con Wilson? Debo decir que creo que los he convencido de que sigan adelante.

–El trato con Wilson. Sí, claro. Súbeme la carpeta –dijo él con brusquedad.

–Bien. Me aseguraré de que esté en tu mesa mañana a primera hora.

–Respuesta equivocada. Quiero decir que me la subas ahora.

¿Quería verla? Bueno, ¿y por qué no?

Alessandro llamó a Rebecca y le dijo que lo esperara en recepción, que tenía un asunto de última hora. Ella le contestó que no había prisa, iba trabajando en su portátil en el taxi porque su trabajo nunca tenía fin y bla, bla, bla...

Él casi no oyó el final de la frase porque llamaron a la puerta y todo su cuerpo se tensó anticipando la presencia de Kate.

Eso lo enfureció.

Su rostro no reveló nada, pero sus ojos fríos la observaron de la cabeza a los pies en unos segundos.

Y no le gustó lo que vio.

¿Qué había sido del traje? Ese día llevaba un vestido vaporoso de color azul ahumado con una americana que no hacía nada por ocultar su cuerpo sexy. Y calzaba sandalias planas azules con diamantes de imitación en las correas. Y se había pintado las uñas de los pies de un color rosa translúcido que hacía juego con el de las uñas de las manos y el brillo de labios.

–Perdona –gruñó él–. Parece que te he interrumpido cuando ibas a un cóctel.

Kate se sonrojó y no contestó.

¿Qué había esperado? Una sensación de decepción la embargó y se habría abofeteado a sí misma. ¿Qué pensaba, que la había llamado a su despacho como una excusa para verla?

–Aquí está la carpeta –dijo.

Como él no hizo ademán de aceptarla, la dejó sobre el escritorio y se volvió hacia la puerta, mortificada.

–Espera un momento –gruñó él–. ¿Cómo responde el equipo a las nuevas responsabilidades?

Ella se volvió a mirarlo y fijó la vista en un punto indeterminado más allá de su hombro.

–Ya deberías saberlo. Tuve una reunión con mi nuevo jefe para contarle cómo nos vamos adaptando todos. ¿No te ha informado?

–Por tu cambio de ropa, asumo que has abandonado la torre de marfil.

–No sé qué significa eso.

–Significa que, después de una vida entera de trajes, parece que has adoptado un código de ropa distinto para el trabajo.

–He adoptado el mismo código de ropa que usa todo el mundo –repuso ella.

Alessandro vio que vibraba su móvil y no hizo caso. Rebecca podía esperar un par de minutos más.

–¿Y qué más ha cambiado? –preguntó con suavidad.

–No sé de qué me hablas –respondió ella–. Pero, si eso es todo, me retiro.

–¿Adónde te retiras?

–La verdad es que sí voy a salir esta noche –dijo ella, que se preguntó si una visita al supermercado se podía considerar salir–. Y pasaré fuera el fin de semana, así que...

Alessandro apretó los dientes. Su mente se llenó de preguntas furiosas. Aquel vestido vaporoso estaba hecho para desgarrarlo y la pequeña línea de botones perlados sería un reto para cualquier hombre con un impulso sexual sano.

Su teléfono volvió a zumbar. Lo guardó en el bolsillo y no hizo caso.

–¿Vas a algún lugar excitante? –preguntó entre dientes.

Kate se rio alegremente.

–Oh, ¿hay algún lugar en Londres que no sea excitante? ¡Hay tantos clubs y restaurantes! Aunque pasaré el fin de semana fuera. Siempre es agradable cambiar de escenario.

¿Qué podía decir él? ¿No le había dicho a menudo que la vida era diversión y que debía soltarse el pelo?

Pero no tuvo que decir nada, pues se abrió la puerta de su despacho y entró Rebecca con sus poderes medicinales para rescatarlo de su malhumor.

Alessandro se obligó a sonreír. Rebecca llevaba un vestido rojo que apenas rozaba sus largas piernas blancas, combinado con un bolso rojo y pintalabios escarlata. El rojo era un color que Kate siempre evitaba. Él recordaba haberle oído decir eso en algún momento.

La abogada iba vestida para el juego y, de pronto, eso era lo último que quería Alessandro. ¿Por qué no lo había esperado abajo?

Kate, recatada en comparación, se las arreglaba todavía para tener el atractivo sexual de una sirena.

–Kate, esta es Rebecca –él miró a su cita de soslayo antes de volver compulsivamente los ojos hacia Kate.

Notó que ella se sonrojaba y un impulso ridículo le hizo querer pasarle un brazo por los hombros a la otra mujer para ver la reacción que eso provocaría en Kate, pero resistió el impulso. Tenía celos de la persona con la que pudiera salir ella y quería darle celos a su vez. Todo eso le pareció una debilidad incontrolable.

Kate miraba ya a Rebecca con rostro inexpresivo.

–Tú debes de ser la mujer de contabilidad –musitó Rebecca–. Pobrecita. Espero que este desconsiderado te pague bien las horas extra.

Dedicó una sonrisa íntima a Alessandro que hizo que Kate apretara los dientes.

–Aunque simpatizo contigo –continuó Rebecca–. Estoy a punto de ser procuradora y trabajar hasta tarde se ha convertido en un hábito. Es terrible.

–Terrible –asintió Kate.

–Alessandro –Rebecca se colgó de su brazo–. ¿Dejamos a la pobre chica que siga con su vida? Es una maldad hacer que siga aquí, sobre todo porque deberíamos irnos ya.

–Tenemos entradas para la ópera –explicó Alessandro con voz ronca–. Aunque... –se soltó del brazo de ella y se hizo a un lado, con las manos en los bolsillos–, me temo que tendremos que posponerlo.

–¿Por qué? –preguntó Rebecca, quejumbrosa.

–Porque la carpeta que me ha traído Kate requiere trabajo urgente.

–Creo que he cubierto todos los puntos complicados –repuso Kate–. Por favor, por mí no... –le fallaron las palabras y respiró hondo–. No es necesario cambiar de planes. Yo también tengo prisa –terminó con voz débil.

–Es posible, pero tu nuevo puesto conlleva que estés dispuesta a hacer horas extra cuando sea necesario y ahora lo es –contestó Alessandro.

Miró a Rebecca. Había sido un gran error fijar una cita con ella y un error aún mayor llamar a Kate a su despacho. Y el peor error había sido verlas a las dos juntas, porque eso solo había aumentado su frustración por no tener a Kate para él.

Por no poder tocarla.

Se pasó los dedos por el pelo y se dio cuenta de que le temblaba la mano, pero no sabía bien por qué.

–Mis disculpas –dijo a una Rebecca cada vez más furiosa–. Mi chófer te llevará a tu casa. A menos que quieras llevarte a alguien a la ópera contigo –sacó su teléfono móvil y dio instrucciones al chófer.

–¿Me estás diciendo que me vas a plantar? –siseó Rebecca con los brazos en jarras–. Créeme, tengo cosas mejores que hacer que venir aquí a descubrir que no tengo cita para hoy.

–Te pido disculpas de nuevo.

–No es suficiente.

–Pues tendrá que serlo –Alessandro la llevó del brazo hasta la puerta.

–No había necesidad de hacer eso –comentó Kate–. De verdad que no hay nada ahí que no pueda esperar a la semana que viene.

–Llevas menos de dos semanas en tu nuevo puesto –comentó Alessandro–. Hazme el favor de no sobrepasarte en tus atribuciones.

–Tu cita debe de sentirse muy decepcionada.

–Eso es muy considerado por tu parte. No voy a decir que yo sienta la misma consideración por la tuya.

–¿Cómo dices?

–La ropa, el maquillaje, las sandalias sexy... No soy idiota, Kate. Esta noche no vas a cenar sola –se cruzó de brazos y se volvió hacia la ventana–. Te mueves deprisa.

–Eso tiene mucha gracia viniendo de ti.

–¿Quién es él?

–Ya no estamos juntos. Mi vida privada no es asunto tuyo.

–Sí lo es si implica acostarse con un colega.

–Eso es ridículo. Yo jamás haría nada con un colega –declaró Kate.

Pero no negó que estuviera saliendo con alguien. Y eso volvía loco a Alessandro.

–Estás celoso –dijo ella.

Y eso la enfureció porque no tenía derecho a estarlo cuando él salía con otra mujer. No tenía derecho a estar celoso solo porque había sido ella la que se había alejado.

Sentía náuseas cuando pensaba en él con la abogada del vestido rojo corto. Las sentía porque él había roto con la tradición y salía con una mujer inteligente e influyente, una mujer como él.

Alessandro nunca en su vida había estado celoso, pero no podía contradecirla.

–Tú has encontrado a otra mujer –le dijo Kate–, pero no puedes soportar la idea de que fui yo la que se alejó de ti, ¿verdad?

Él ya no la deseaba, pero no quería que se fuera con otro.

Alessandro se preguntó si eso sería verdad, pero no dijo nada. Caminó hacia ella y Kate retrocedió, aterrorizada como un conejo atrapado en la luz de los faros de un automóvil.

Aterrorizada porque sabía que todavía podía hacerla suya y eso le resultaba mortificante.

Sentía los pechos pesados, como si recordaran las caricias de él. Se le endurecieron los pezones porque se imaginó la boca de Alessandro en ellos, su lengua acariciándolos y sabía que entre las piernas estaba húmeda por él.

Retrocedió hasta que chocó con el escritorio y ni siquiera sabía cómo había llegado allí.

–Tú todavía me deseas –gruñó él.

Ella negó con la cabeza, pero sus ojos, clavados en el rostro de él, decían otra cosa.

Alessandro la deseaba tanto que le dolía. Le pasó lentamente un dedo por la mejilla y ella volvió la cara con brusquedad. Pero su respiración era irregular y Alessandro sentía que su cuerpo ardía por él.

–Dime que no –murmuró–. Dime que ese hombre nuevo, quienquiera que sea, te hace sentir lo mismo que yo. Dime que, si te introdujera los dedos en este momento, no te abrirías para mí.

–¡No! –Kate se apartó y consiguió que sus piernas se movieran–. Tú has pasado ya a otra cosa y yo también. Eso es lo único que importa.

No podía mirarlo. Si lo hacía, estaría perdida.

Salió corriendo y no paró hasta que llegó a la calle. Allí, por primera vez, sintió la necesidad de hablar con su madre de sus sentimientos.

Nada había salido según lo planeado y eso era algo que Shirley Watson podría entender.

Marcó el número de teléfono de su madre y se echó a llorar al oír su voz.

–Mamá –lloriqueó–. Lo he estropeado todo. Me he enamorado del hombre equivocado.

–Oh, Kate. No es el fin del mundo. Estás llorando, cariño. Por favor, no llores. Eres una mujer fuerte. ¿Qué quieres que diga? Sé que nunca te ha gustado mi estilo de vida, pero es mejor haberse enamorado del hombre equivocado que no saber nunca lo que es enamorarse. Vente unos días a Cornwall. El mar ayuda a despejar la mente.

Alessandro se había pasado la última hora yendo de una habitación a otra de su enorme casa, incapaz de tranquilizarse. El trabajo no lo distraía de sus pensamientos. ¿Quién demonios era la cita de ella y dónde narices iba a pasar el fin de semana?

¿Y por qué le importaba? ¿Por qué le ponía enfermo imaginársela con otro hombre?

Y no era propio de él perseguir a una mujer. Así que pasó la velada solo, bebiendo demasiado y pagándolo después con un fuerte dolor de cabeza a la mañana siguiente.

¿Cómo podía Kate irse de fin de semana con un hombre al que acababa de conocer? Con él había estado segura, pero aquel otro podía ser un depredador al que había conocido en un bar. Y una mujer sexy como ella sería como el maná para alguien así.

Quizá pensara que había iniciado un camino independiente, pero era demasiado ingenua para darse cuenta de que cualquier camino que implicara sexo estaría plagado de baches y obstáculos para alguien que todavía creía en los cuentos de hadas.

No se lo pensó dos veces. Sabía dónde vivía. ¿Qué daño había en pasar y asegurarse de que no se encontraba en una situación peligrosa que no pudiera manejar?

Además, él necesitaba salir para comprar algo. Café... periódicos...

Aquel sería un viaje muy productivo.

Capítulo 10

KATE jamás había pensado que su madre pudiera ser una fuente de consuelo en lo relativo al amor. Pero Shirley Watson la había sorprendido. Ella era, como había dicho con una carcajada desinhibida, toda una experta en corazones rotos.

–Pero, en realidad, a mí solo me lo rompieron una vez –había dicho–. Y fue cuando se marchó tu padre. Después fue necesario que pasara por una serie de sapos para darme cuenta de que jamás podría sustituirlo. Tenía que buscar un hombre diferente en lugares distintos. Pero ¿sabes qué? Aunque hubiera podido retroceder en el tiempo y ahorrarme el dolor de enamorarme de un hombre que me iba a dejar, habría dicho que no. Porque enamorarme de tu padre fue lo mejor que me pasó en la vida.

Kate comprobó que la casa estaba como debía estar y miró la bolsa de viaje que había a sus pies. No tenía sentido esperar más. Iba a ser un largo viaje, aunque su madre le había dicho que tomaría el tren hasta Exeter para hacer unas compras y se verían allí para seguir luego el viaje juntas. Así Kate solo viajaría sola tres horas y media, de lo cual se alegraba, pues estaba cansada.

¿Cómo podía haberla reemplazado tan pronto? Quizá se había dado cuenta de que era demasiado bueno para la hija de una camarera de cócteles. El sexo entre ellos era fantástico, pero había que prestar atención al detalle y un detalle importante era la facilidad con la que él había aceptado su decisión de terminar. Si la hubiera deseado lo suficiente, seguramente se habría resistido más. Solo había querido halagar su ego probando que ella todavía lo deseaba, pero, en conjunto, estaba mucho mejor sin él.

Pisó el acelerador del coche de alquiler y notó que llevaba más de una hora conduciendo. En realidad, funcionaba en piloto automático. El cielo gris se había despejado y hacía una mañana hermosa. Puso música en la radio y siguió conduciendo.

Cuando llegó a Exeter, era poco más de la una y en la ciudad había mucho tráfico de sábado por la mañana. Kate le había sugerido a su madre que viviera allí, pero Shirley había insistido en mudarse a la costa y, en honor a la verdad, parecía que se había sentido a gusto en Cornwall desde el primer momento, a pesar de que vivía en un sitio bastante aislado.

La joven empezaba a entender por primera vez que había otras facetas de su madre que quizá no había sabido apreciar. Shirley se había arrojado de cabeza a una historia de amor detrás de otra con la desesperación de una mujer hambrienta que quería alcanzar una comida que estaba justo fuera de su alcance, pero no se había vuelto amargada.

Y ella, a pesar de sus precauciones, había sido la

que cometiera el mayor error de las dos al enamorarse de Alessandro.

Cuando llegó por fin a la plaza de la catedral, no pudo evitar fijarse en las parejas de jóvenes enamorados sentados al sol. Algunas personas sabían elegir bien.

Encontró a su madre sentada en la cafetería donde habían quedado, delante de un vaso de vino y con una tetera al lado, como si la bebida sana compensara por la otra.

Kate sonrió. Estaba deseando conocer a su madre un poco mejor mientras tomaban té, vino o lo que fuera.

En aquel momento que sabía adónde había ido, Alessandro aflojó el paso y se preguntó por primera vez por qué había hecho aquello, por qué la había seguido como un policía a un criminal buscado. Al llegar a su casa la había visto subir a un coche con una bolsa de viaje y eso lo había alarmado.

Una parte de él pensaba que su charla sobre el fin de semana había sido pura invención. No era el tipo de mujer que salía de una aventura para lanzarse inmediatamente a otra.

Pero se había equivocado.

Como no sabía dónde tendría lugar aquel fin de semana de sexo, había decidido seguirla. Y no había sido difícil. Tenía varios automóviles y ella no conocía el Range Rover, que era mucho menos llamativo que el Ferrari. Además, había procurado mantener cierta distancia con ella.

Y en ese momento estaba en una plaza pintoresca, rodeada de edificios de estilo Tudor, delante de una cafetería, y dudaba por primera vez en su vida. Una cafetería no era el motel sórdido que había esperado, pero ya que había llegado hasta allí, no se iría sin ver a su rival.

Porque eso era lo que sentía. Que en aquella cafetería había un rival, un hombre al que no conocía de nada que estaba con su chica. Era una sensación posesiva y poco agradable, pero era lo que había.

Echó a andar.

–¡Santo cielo!

–¿Qué?

–En la puerta hay un hombre bastante impresionante.

Kate estaba ya harta de hombres «impresionantes». Había llegado a la conclusión de que todos eran nefastos. No le interesaba y además estaba ocupada ahogando su tristeza con el plato de pasteles que habían colocado entre su madre y ella. Iba ya por el cuarto. A ese paso, no solo acabaría solterona, sino que además sería una solterona gorda.

–Viene hacia aquí.

Kate estaba tan sumida en sus pensamientos que, cuando oyó la voz de Alessandro, pensó que estaba alucinando.

Pero su madre miraba fijamente algo y la joven camarera que iba hacia su mesa se había detenido en seco y miraba también con la boca abierta.

Kate se giró despacio y allí estaba él... impresionante y devastador.

Mirándola con sus insondables ojos oscuros.

–Has corrido mucho en la autopista –murmuró Alessandro, que había captado ya la situación y se sentía mareado por el alivio de ver quién era en realidad la cita de fin de semana de ella.

Había pocas dudas de que la mujer más mayor y todavía increíblemente atractiva que lo miraba con la boca abierta era su madre.

–Por cierto, soy Alessandro –tendió la mano a la mujer rubia–. Usted debe de ser la madre de Kate.

–¿Qué haces tú aquí? –preguntó Kate con furia cuando pudo hablar.

¿Había ido a demostrarle otra vez cuánto podía afectarla todavía?

–Querida, os dejaré hablar a solas. Tengo que hacer unas compras –dijo su madre.

Shirley Watson se levantó y tomó su bolso, sin hacer caso del gritito desesperado que lanzó su hija.

–Zapatos –dijo, dirigiéndose a Alessandro–. Los mejores amigos de una chica. Llevo toda la vida diciéndoselo a mi hermosa hija, pero parece ser que tenías que llegar tú para conseguir que me hiciera caso.

Kate miró horrorizada cómo desaparecía su madre dejándole su asiento a Alessandro.

Este se sentó en el acto sin apartar la vista de ella.

–¿Cómo te atreves a seguirme?

–Estaba preocupado.

–¿Preocupado? ¿Por qué?

–Te largabas de fin de semana y asumí que...

–Oh, entiendo –musitó ella con resentimiento–. Decidiste que iba a ver a un hombre y también que soy demasiado incompetente para cuidar de mí misma. ¿O quizá pensaste que no me vería con otro porque todavía estaba pensando en ti?

–¿Y qué iba a pensar si te negaste a decirme adónde ibas? –ella había admitido que pensaba en él y eso le gustaba a Alessandro.

–Yo no me negué a nada. Asumía que no era asunto tuyo. ¿Y qué diría tu amiga la abogada si supiera que estás aquí?

–No tengo nada que ver con ella.

–Oh, claro. ¿Quieres decir que te acostaste con ella y después decidiste que no estaba a la altura? –preguntó Kate.

Odiaba la debilidad que la impulsaba a averiguar si había terminado en la cama con la abogada. Eso no importaba. Lo importante era que la había seguido hasta allí por un estúpido instinto de macho que quería asegurarse de que no iba a hacer ninguna locura. Como seguir con su vida.

–Nunca llegamos al dormitorio –admitió Alessandro

Eso detuvo a Kate. No por lo que había dicho, sino por cómo lo había dicho, sin mirarla. Y por el modo en que se había recostado en la silla y miraba a su alrededor como si le fascinara lo que lo rodeaba.

–Eso no importa.

–Este no es lugar para esta conversación.

–Es el mejor lugar posible para esta conversación –ella respiró hondo y suspiró–. Oye, no necesito esto. Lo que teníamos se acabó. Solo necesito que salgas de mi vida y, si no puedes hacerlo, tendré que presentar mi dimisión.

–No se ha terminado –murmuró él con voz baja y vacilante.

Se inclinó hacia ella. Era un hombre con un pie colgando por un precipicio y sabía que iba a saltar sin importarle las consecuencias.

–Para mí no. Por favor, Kate, vamos a alguna parte, a donde sea. Esto es demasiado pequeño y público para lo que tengo que decir.

–¿Y qué es eso? A ver si lo adivino. Quieres que vuelva para divertirte un poco más conmigo antes de que acabe al lado de la abogada que nunca pasó del primer nivel porque te cansaste de ella.

–Ocurrió... algo.

–Sí, sé lo que ocurrió –declaró ella con amargura–. No podías soportar la idea de que me alejara de ti y decidiste demostrar que todavía te deseaba. Por eso me llamaste a tu despacho, ¿verdad? Para jugar conmigo.

–Te llamé porque... necesitaba verte –murmuró él–. Intenté seguir con mi vida y no pude porque ocurrió algo cuando estábamos en Toronto.

–¿Ocurrió algo?

–Yo no pretendía... involucrarme... –él se pasó los dedos por el pelo y su mano no estaba tan firme como debería haber estado–. Vámonos de aquí, por favor –hizo una seña a la camarera y le pidió la cuenta.

–¿Y bien? –preguntó ella cuando salieron y echaron a andar hacia la hierba, a reunirse con las parejas que habían tomado decisiones inteligentes.

–Vamos.

Alessandro le tomó la mano y ella se estremeció. La sensación de sus dedos unidos fue como una descarga eléctrica. Guardó silencio mientras buscaban un lugar a la sombra cerca de la catedral y se sentaban en el suelo.

–Di lo que hayas venido a decir y no te molestes en disfrazarlo con palabras que no sean sinceras. Tú no te involucraste conmigo, tú conectaste sexualmente conmigo y no estabas preparado para que se terminara –Kate subió las rodillas hasta el pecho, agotada de pronto.

–¿Cómo iba a saber la diferencia entre involucrarse y una conexión sexual? –preguntó él, casi para sí mismo–. ¿Cómo iba a reconocer la diferencia cuando nunca había estado en esa situación? Cuando regresamos a Londres, pensé que podía olvidarme de ti saliendo con otra.

–Eso es horrible.

–Estoy intentando ser sincero. Eso es lo que he hecho siempre. He ido de mujer en mujer sin darme cuenta de que podía llegar un momento en el que me sintiera incapaz de hacerlo.

–Ya estás otra vez –susurró Kate–. Me estás confundiendo con palabras.

–Utilizo palabras para decirte lo que siento. Me has preguntado por qué te he seguido. Lo he hecho porque no podía soportar la idea de que tocaras a otro hombre, de que salieras con otro y te rieras con otro.

–Solo tenías celos porque no estás dispuesto a que te deje marchar y cualquier hombre te parece un competidor, pero eso no son celos de verdad. Es otra cosa –musitó ella. Pero no pudo evitar sentir esperanza.

–En mi mundo nunca ha habido lugar para celos de ningún tipo –él le lanzó una sonrisa ladeada–. Y tienes razón. Los celos de verdad tienen una base mucho mayor que la lujuria. Yo no solo te imaginaba en la cama con otro –apretó la mandíbula–. Ni siquiera podía soportar la idea de que miraras a otro, de que hablaras con otro...

Se arriesgó a tocarle la mejilla con un dedo y eso bastó para excitarlo. Solo quería tomarle la mano y colocarla en su erección para que ella palpara lo que le hacía. Se preguntó si ella sentía también la corriente eléctrica que había entre ellos.

–Yo no planeaba... ¡Por Dios, Kate! Tú no sabes cómo te deseo en este momento.

–A mí no me basta con el deseo –susurró ella.

–Ni a mí tampoco.

Alessandro le subió la cara de modo que lo mirara a los ojos.

–No había planeado perder el control de mis sentimientos –dijo con seriedad–. He visto lo que puede hacer eso. Vi cómo se absorbían mis padres el uno en el otro y tuve que vivir con las ramificaciones de eso. Pensé que me molestaba solo por el dinero –vaciló.

–Pero no era así, ¿verdad? –musitó ella–. Era algo más que tener unos padres irresponsables que se alentaban mutuamente a despilfarrar su dinero y carecían de autocontrol. Lo duro era verse dejado de lado, ¿verdad?

–Contrataban niñeras. Estaban tan absortos el uno en el otro que no tenían tiempo para un niño. No tenían tiempo para nada. Decidí que nunca me permitiría sucumbir a ese tipo de exceso emocional y para mí, enamorarme de una mujer, constituía ese tipo de exceso.

A Kate le costaba respirar. Temía que, si exhalaba, rompería aquella atmósfera.

–Pero me enamoré, querida mía. No lo había planeado y no sé cuándo ocurrió. Solo sé que, cuando te alejaste de mí, mi mundo dejó de dar vueltas.

–Tú me hiciste daño. Sé que me alejé yo, pero esperaba que vinieras, que me echaras tanto de menos que no pudieras evitarlo. Esperaba que entendieras lo que sentía por ti, pero luego vi a esa mujer en tu despacho y de pronto fue como si todo mi estúpido mundo se destruyera.

–Pensaba que podría encontrar una mujer inteligente que me diera una vida sin complicaciones, sin el inconveniente de perder el control, como me ocurría contigo. Fue una reacción estúpida.

–Te amo –repuso ella con sencillez–. Me enamoré de ti y supe que tenía que alejarme porque acabaría sufriendo más. Tú no podías comprometerte y yo no podía conformarme con menos.

–¿Me amas? –preguntó Alessandro tembloroso, disfrutando de aquella pérdida de control con la mujer a la que había entregado también su corazón–. Supongo que tu madre se va a llevar la sorpresa de su vida, ¿eh?

Kate soltó una risita. Se acercó a él.

–Creo que se la llevó cuando me confié a ella,

cuando dejé de fingir que era un robot en el plano emocional y le demostré que era humana, falible y tonta.

–¿Y cómo crees que reaccionará cuando le digamos que vamos a casarnos? Porque no me imagino mi vida sin ti, Kate. ¿Te casarás conmigo, serás mi esposa, no me dejarás nunca y tendrás muchos niños conmigo?

¿Se casaría con él? ¡Por supuesto!

–Nada podría impedírmelo –ella se rio y lo abrazó.

¿Quién decía que los cuentos de hadas no se hacían realidad?